JN107038

偶然の家族

落合恵子

東京新聞

偶然の家族

本作は一九九〇年三月、中央公論社から刊行されました。

当時、日本は平成という新しい時代が始まり、男女雇用機会均等法によって働く場を得た女性たちが、バブルと呼ばれた好景気に後押しされ、活躍の場を広げました。海外でも、ベルリンの壁が崩壊し、東西冷戦が終結に向かうなど、世界は良い方向に向かってゆくという期待が高まりました。そんな時代の空気の中で『偶然の家族』は、世の中の枠組みから外されがちな人々を中心に据えて、新たな結びつきの形をあらわし、読者を勇気づけました。

あれから三十年余。時代は令和に変わり、世界は国境を越えた感染症の大流行のさなかにあります。この作品が描いた一人ひとりの人間と多様性の尊重、共存への願いは、どこまで実現されたでしょうか。今、それを問おうと本作を復刊します。作中に、差別的な用語や現在は使われない職業名や行事名などが登場しますが、当時の社会の様相を伝えるために、原文を踏襲しました。また、復刊に当たり、表現を一部修正したほか、三十余年後を描いた導入部を加筆し、現在に続く物語としました。

編集者

榠樝（かりん）荘の住人

—1989年—

城田夏彦（しろた・なつひこ）……58歳。詩人。榠樝荘の持ち主

山下平祐（やました・へいすけ）……66歳。家具職人

鵜沢哲郎（うざわ・てつろう）……50歳。グラフィックデザイナー

高山恵理子（たかやま・えりこ）……31歳。書店員

朝永宗太（あさなが・そうた）……法学部の大学生

志賀恭子（しが・きょうこ）……38歳。小児科医院の事務員

志賀滋（しが・しげる）……6歳。恭子の息子。小学一年生

二〇二一年

From: Shigeru SHIGA<shigeru.shiga@****.com>

Sent: Friday, January 8, 2021 4:15 AM

To: Natsuhiko Shirota<natsuhiko-shirota@******.ne.jp>

Subject: 元気でいてください

城田夏彦さま

ご無沙汰しました。

昨夜、母とも久しぶりにビデオ通話をしました。

榠樝荘（かりんそう）のみなさん、と言っても淋しくなりましたが、お変わりのない様子、よかったです。

1都3県に緊急事態宣言。続いて大阪・京都・兵庫も要請か？　というニュースをこちらのメディアも伝えています。

年末に帰国するはずでしたが、不穏で不安な日常が米国でもまだまだ続いているため、果たせませんでした。

感染者2000万人超え、死者が40万人にせまるこの国では、先月から始まったワクチン接種と新大統領への政権移行のニュースが大半でした。そこに、トランプ支持者の連邦議会への乱入というとんでもない暴挙に右派の米国民さえ呆（あき）れ返っています。

ポートランドの市民の落胆ぶりは相当です。

7年前に夏彦さんたちがポートランドに遊びにみえたときにご案内した書店パウエルズブックスで、このメールを書いています。夏彦さんなら、「本好きはみんな頑固者頑固な本好きたちの居場所です。夏彦さんなら、「本好きはみんな頑固者だよ」と言われるでしょうが。去年の夏に入る前、「ポートランドの警官たちが、デモ隊にひざまずいている動画を見つけた」と夏彦さんがメールを送ってくれましたね。

あれは人種差別反対のBLM運動の第一幕目での出来事でしたが、暴力的差別とそれに対する異議申し立ては、大統領交代が決まって、ポートランドでは少しだけ穏やかになりました。

ところで、夏彦さんが、恵理子さん、宗太さん、母たちとポートランドに来られた日々、空港で出迎えたときから見送るまでずっと話に出ていたのは、ここに平祐さんがいたらということでした。

2011年3月。いつものように木を探す旅に出て、津波に消えた平祐さんのことは、あまりにも深い悲しみでぼくの胸の中にあって、去ることはありません。忽然というのは、ああいうことを指すのですね。平祐さんがいたら、という思いは、なにを話していても不意に誰かの心にやってきて、ぼくたちはそれを言葉にしました。

けれど、夏彦さんは一度も言葉にしないまま、帰っていきました。

母が幼いぼくを連れて、榠樝荘で暮らすようになったのはまさに偶然かもしれません。が、その偶然が、いまはもうぼくの中で必然に変わっています。榠樝荘で、ぼくはどんなに寛いで暮らしていたことでしょう。寛げた理由のひとつは、夏彦さんたちがぼくの家族だったからです。

二つ目の理由は、敢えて言葉にしてしまうと、住人の誰もが傷を負った過去を持ち、その傷を丸ごと引き受けて生きる大人たちだったからのような気がします。

去年のクリスマスに母から届いたカードには、この時代に医療の研究にかかわっている偶然を大事にするように、と書いてありました。

そうなのですね。まず偶然があって、その偶然が必然に変わるというパターンが、これからのぼくの人生にもまだ増えそうな予感がしてます。

このあと、ぼくはアパートの隣人とランチです。隣は男性ふたりで暮らしています。アフリカ系とドイツ系の彼らは、ふたりの暮らしが自由で誇らしいものであることを、ぼくに見せたくてならないようです。そんな彼らに、ぼくはぼくで、榠樝荘（かりんそう）のことを話すのです。ランチに招待されるたびに。榠樝荘（かりんそう）での日々が、確かにいまのぼくをつくってくれたのですから。

では行ってきます。

滋

どうかどうかお元気で。今年中に、再会の時が来ますように。

一九八九年　東京

1

古びたそのアパートは、早稲田通りから少し入ったところにある二階建ての洋館である。

敷地の三分の二は、よく手入れがされた庭になっている。

アパートの持ち主の城田夏彦が園芸の趣味を持っているおかげで、住宅の密集地にありながら、洋館の住人たちは贅沢を味わうことができるのだった。

もっとも夏彦の恋人の山下平祐によれば、

「誰も草花のことなんか、わかっちゃいないんだから」

と、いうことになる。

夏彦は五十八歳。平祐は六十六歳である。

もともとこの洋館は、夏彦の両親のものだった。

フランスまで絵の勉強に行ったことのある父親が、夢破れて日本に帰ってきたときに建てたものので、そう思って見ると、一階にはアトリエの痕跡がある。そこはいま、夏彦と平祐の居間になっていて、時にはアパートの住人が集まる場ともなる。

夏彦は母ゆずりの園芸が趣味となっていた。といっても、ことさら高い花を植えるというのではなく、雑草に近いものから立木まで、あらゆる植物を育てている。

夏彦に言わせれば「大らかな植物園」だし、平祐に言わせれば「大ざっぱな畑」ということになる。

東京の中野区にあるので、年中、不動産屋がマンションにしないかと誘いをかけてくる。地上げ屋まがいの男たちが押しかけてきたこともあるし、知らぬ間に売りに出されて大騒ぎとなったこともあった。

JR中野駅から歩いて十五分という距離だから、不動産的価値は夏彦にも充分に想像がつく。三百坪をわずかに超える敷地は、周囲の密集ぶりに比べると、異様な感じを持つほど放り出された趣をただよわせている。

しかし夏彦は、自分が可愛がる草花のために、頑として売却に耳を貸さない。

それどころか、敷地をコンクリートの塀で囲んでしまっている。「草花のためには、やるべきことではなかった」といまでは夏彦も認めているが、喧噪(けんそう)を避けるために、あえて選んだ方法だった。

　コンクリートの塀には、トタンに白塗りして「この土地は絶対に売りません　所有者」という看板をかけている。デザイン的には「なんと無様（ぶざま）だろう」と平祐が言った通りだが、夏彦にしてみれば窮余の一策にすぎない。

　門扉（もんぴ）がこわれて門柱だけになった入り口から、日本風でも西洋風でもない夏彦風の庭を小径（こみち）で左右に割った突き当たりが、洋館だった。

　門柱の左の柱には、陶器で墨入れした城田夏彦の表札が埋め込んであり、右の柱には「榠樝荘（かりんそう）」と木の札がかかっている。

　洋館の一階は夏彦と平祐で使っているが、ゆったりとした浴室だけは、二階の住人も含めて共同使用になっている。

　二階には四つの部屋があって、三室は同じ大きさ、奥の一室だけが一・五倍ほど大きくなっている。それぞれの部屋のドア脇にも木の表札が、「胡桃（くるみ）」「楓（かえで）」「木槿（むくげ）」「桐（きり）」と墨書きされてかかっていた。

「安手の旅館だって、こんな名前つけないわよ」

　かつて平祐がそう言って夏彦をからかったが、命名は夏彦の母親だった。

　片端から、庭にあった木の名をつけていったという雑な命名であったようだ。俳句をやる住人が、「秋の季語ばかりだ」と言ったこともある。

「落葉の木ばかりだから、この榠樝荘に住んでいたら、一生浮かばれない」

そう言って追い出された俳人のことは、伝説になっていた。

しかしいま、胡桃の木は庭にはない。蟻にたかられたのか枯れて、もうずっと前に伐り倒されていた。

榠樝荘は、南東に向いて建つ木造の洋館だが、門から見て二階の左から、「胡桃」「楓」「木槿」「桐」の部屋が並んでいる。

胡桃の部屋を除くと、それぞれの部屋の前に部屋の由来の木が植えられていて、フランス窓を開けると、その木が目の前に見えるのである。

楓の部屋には五十歳のグラフィックデザイナー、しょっちゅうダイエットに取り組み、そのたびに失敗する鵜沢哲郎が、木槿には書店に勤める三十一歳の高山恵理子が暮らし、胡桃の部屋には、朝永宗太という法学部に通う大学生が起居している。

いちばん右側の桐の部屋だけが、ほかのところより大きく、小児科医院の事務をしている三十八歳の志賀恭子が六歳の滋とふたりで、離婚後の生活をしている。この部屋だけが大きいのは、かつては夏彦の姉、多香子の部屋としていたせいである。

住人たちはそれぞれに、城田夏彦、ただしくは城田の家と繋がりを持っていて、不動産屋を通して入居してきたものはいない。

朝永宗太は、父親が夏彦と同窓だった。

宗太の父親宗之は、学生時代から城田の家に住み込んで大学に通っていたほど仲がよく、フランス文学の翻訳の勉強に渡仏するまで、榠樝荘の胡桃の部屋に起居していた。

もっとも夏彦たちの学生時代にはまだアパートではなく、したがって胡桃の部屋などという命名はされていなかった。

夏彦の父親、城田忠長はすでに亡かったが、母親の月子がまだ健在だった頃である。どの部屋にもフランス風の装飾がなされて、ゆったりと暮らしていた時代だった。

月子は忠長がフランスから帰国してすぐに結婚したのだが、そのとき月子は三十五歳、忠長は五十五歳だった。

月子は、多香子と夏彦に忠長の話をよくしたが、結婚当時の話はなぜかしたがらなかった。

親戚とのつきあいがほとんどないことと関連があるらしいのだが、姉弟とも、月子が話さないことを無理に訊きだそうとはしなかった。したがって、母の月子のいないいま、その理由は闇の向こうに消えてしまっている。

鵜沢哲郎は、忠長の親友の息子だという。

フランスから戻った忠長は、絵筆を握ることからいっさい離れてしまった。時折り女子大学へフランス語の講師として出かけていくくらいで、ほとんどを家の書斎で過ごす生活だった。そこへ訪ねてきた唯一の友人が鵜沢哲郎の父親、厚太郎だったようだ。

ふたりはいつもフランス語で会話をし、フランス語を解さない月子は、鵜沢厚太郎が訪ねてくると不快だった、と夏彦に話したことがある。

しかしこの話も、夏彦の姉の多香子に言わせると別のことになる。

「鵜沢のおじさまが訪ねてくる目的は、おとうさんではなく、月子さんにあったのよ。おじさまは決して奥さんを連れてこなかったし、第一、わたしは月子さんとおじさまがキスしていたのを見たもの」

多香子が六歳のときだったというから、夏彦が四歳のときになる。

「おとうさんは六十を超えて、臥せることが多かったわ。病気のせいで、いつもベッドのうえで癇癪を起こしていた。あるいは、月子さんとおじさまのことに気づいての癇癪だったかもしれない。……あの日、お見舞いに来たおじさまを、月子さんが送りに出たの。わたしに、おとうさまを看ていてねって言って。すぐに戻ると言ったのに、とても長く感じた。そのとき、おとうさんが激しい咳をしはじめたの。わたしが怖くなるくらいに激しい咳だったわ。ついに我慢しきれなくなって、月子さんを呼びに駆けだしたら、玄関を出たところで、おじさまが月子さんの肩を抱いていたの。わたしは、声も出せずに見ていたわ。……わたしって、六歳にしてもう、そういうことを知っていたのよ。声を出してはいけないって。やがて、月子さんがおじさまの胸のなかで、わたしに気がついたわ。……キスを続けながら、目だけはわたしを見ていたの」

夏彦は、多香子からこの話を何度も聞いている。暗記しているように、少しも違わない話をする多香子だった。

鵜沢厚太郎は、月子と十歳しか違わなかった。夫と二十歳も離れていたので、月子が厚太郎を好きになるのはある意味、自然なことのように、夏彦には思える。

「おしゃれな月子さんが、あのずんぐりとしたおじさまを、どうして好きになったのかしら」

多香子はしかしそう言った。楓の部屋の鵜沢哲郎は、父親の厚太郎に、いやになるほど似ているとも言う。

木槿の部屋の高山恵理子は、多香子がいま一緒に暮らしている男の姪である。

学生時代にバスケットをしていたというだけあって、榠樝荘では、いちばん背が高く、百七十八センチある。

「こんなに天井の高いところを探すのは、ほとんど不可能ね」

恵理子が多香子について榠樝荘を訪ねて以来、部屋があくのを待っていて入居したのだった。

桐の部屋の志賀恭子は、忠長と月子が最期を迎えた病院の院長の孫娘だった。

何不自由なく暮らした娘の時代、やがて栃木県の旧家の大病院の跡継ぎと結婚したものの、どうしてもその家に馴染めずに、三歳の滋を抱えて実家に戻った恭子だった。

　しかし戻ってみると、恭子の実家は、すでに昔の実家ではなくなっていた。一族が病院の経営を巡っていがみ合う様相となっていた。

　居続けられないこともなかったが、恭子は実家を出て職を求めた。そうして小児科医院、といってもひとりでやっている町医者のところに事務員として働きに出た。はじめての仕事だったが、保険の点数を計算したり、受付をしたりといった生活のほうが、はるかに気が休まった。気がかりは、三歳の滋だった。保育園に預けることはできても、ひとりしかいない事務員では送迎もままならないことがある。

　そんな悩みを持っていたときに、恭子は夏彦に出会った。

　恭子の勤める小児科医院が榠櫨荘の近くということもあったが、偶然の出会いだった。

　夏彦と恭子とは、月子が入院中にお互いよく見知った顔になっていた。それは、月子が病んでいながら、院長宅の夕食を食べに行くという勝手をしていたせいだった。

　病院長というのが、フランス時代の忠長をよく知っていたのと、奔放な月子を気に入っていたからだった。

「特別食を食べに行ってますよ」

　病室を見舞うとたいていベッドは空で、夏彦は看護婦や付き添いの女性にそう教えられたものである。夏彦は院長宅に母の月子を見舞い、当時、大学生だった恭子とよく顔を合わせていた。そんな背景があって、滋を連れた恭子が多香子と入れ違いに榠櫨荘に移ってきた。多香子が五歳年下の元倉稔と住むようになって、すぐのことである。

志賀恭子にとって、榠櫨荘は別天地のように快適だった。母子の侘しいふたり住まいから、子ども時代の大家族に戻ったような解放感があった。大家族でありながら血の繋がりもなく、銘々が勝手に暮らしている、といったところもらくだった。

滋の保育園の出迎えの心配も解消された。夏彦や平祐、それに住人たちの誰かがやってくれたし、恭子が帰ってくるまで誰かが遊んでくれたからだった。

こんな具合にともかく、いまの榠櫨荘の住人は誰もが、城田家となんらかの関係を持って入居している。このなんらかの知り合いに限るという不文律は、月子が生きていたときにはじまったことなのかもしれない。夏彦も多香子も知らなかったが、結婚によって断たれた姻戚関係を修復する気持ちは、おそらく月子にはなかったのだろう。かわりに、月子は無意識のうちに血縁のない家族づくりをはじめたのかもしれない。

城田の洋館を突然に改造してアパートにしたのは、月子が六十歳のとき、夏彦が大学を中退した年だった。

その頃、夏彦は詩を書く一方で、父親の影がなんらかの形で照射したのか、フランス語に夢中になっていた時期でもあった。

大学は五年目に入っていた。というより、ほとんど大学には行かないで、詩を作る仲間たちとの談義に明け暮れる日々だった。

ある明け方酔って帰ってくると、家の前に止まったトラックからおびただしい木材がおろされるところだった。その日が改造の初日だった。

「月子さんは、夏彦に生活力がないと悲観してアパートをはじめたのよ」

姉の多香子は、ずっと後年になってそう言ったが、ともかく、夏彦も多香子も、改造工事のことはなにも知らされていなかった。

「夏彦さんは、月子さんのお気に入り。わたしは月子さんの嫌われ者」

常々、多香子はそう言って、拗(す)ねるというより夏彦をからかった。

姉がそう言うのも無理もない、と夏彦は思った。

工事が終わってみると、夏彦は階下で母親と暮らし、多香子は改造した二階の一室を使う算段になっていた。しかも多香子は、家賃を払わされたのである。

「月子さんと鵜沢のおじさまのキスを、わたしが見てしまったからよ」

多香子は、六歳のときの事件にすべての原因があると半ば冗談、半ば真顔で諦めて、榠櫨荘(かりんそう)の住人となった。

「人の恋路を邪魔するやつは、馬に蹴られて死んじまえ」

母の月子は酔うと、かならずそう歌った。案外に多香子の言うことは真実なのかもしれないと夏彦は思うことがある。

「あのキス以来、鵜沢のおじさまは、うちに来なくなったのよ。わたしは、ひそかにそのことを喜んでいたけど」

多香子はそう告白した。

父の忠長を、母月子よりも愛した。多香子はそうも告白している。

「あの頃から、うちにはお金がなくなったのよ、きっと。なんらかの形で収入が必要になったんだと思う。働きはじめたわたしから、もっとも合法的にお金のとれる方法でもあったし」

多香子の性格も不思議だった、と夏彦は思う。

そのころには珍しくファッションモデルの仕事についていた。ちょっとしたサラリーマンの倍は稼いでいたからでもあろう。多香子は素直に月子の計画に従った。

「嫉妬かもしれないな。母と娘って、そういうところがあるのよ。月子さんの時代、女は特に窮屈だったから。わたしが、恋していたことも、月子さんにはおもしろくなかったのかも。……同居していれば、いやでもわたしの外泊やデートがわかってしまう。そのことがいやで、遠ざけたのかもしれない」

これは、月子の通夜の晩に、多香子が夏彦に語ったことである。

2

「なにをしてるんだい？」

朝永宗太は、桐の木の下で遊んでいる滋に声をかけた。

はっとしたように滋が顔をあげる。その顔が真っ青だった。

「どうした」

滋が指さしたさきで、蜂が尺取虫を運んでいる。

「気味が悪いんだろう」

宗太は、子どもの小さな人さし指の可愛さのほうが気になったが、からかうように言った。

「ぼくが、あんなふうにしちゃったの」

滋は小さな声で言った。

「あんなふうにって？」

よく聞いてみると、こういうことだった。

滋ははじめに、地面を這っていく尺取虫を見つけた。次に見つけたのが、おりたったばかりの蜂だった。蜂は地面におりると、飛ばずに歩きはじめた。

「そのまま歩いていくと、尺取虫にぶつかってしまう」

そうすると喧嘩になってしまう、と滋は心配したのだという。

しかし、休んでいた尺取虫が再び這いはじめて、どうやら蜂の方向を外れてくれるように見えて、安心した。

「ぶつかったら、どうなったんだろう」

滋の関心は、急にそう動いた。木の枝に尺取虫をひろうと、滋は蜂の行くさきに置いた。たちまち蜂は、尺取虫にぶつかった。すぐに蜂は、尺取虫に針を刺したように見えた。途端に尺取虫は動かなくなった。それを蜂が運んでいるのだという。

「ぼくが、あんなふうにしちゃったんだ。あの虫を殺したのは、ぼくだ」

滋はか細い声をして、宗太を見上げる。

宗太は、思わず滋の頭を抱えて引き寄せ、大丈夫だよ、と言った。

「なにが大丈夫なの？」

滋はからだを離して訊いた。

「いいことをしたのかもしれないよ」

とっさに宗太はそう言った。

「どうして、どうしていいことなの？」

「蜂に餌を見つけてあげたんだもの」

「でも、もうひとつの虫は死んじゃったよ。……死んだらかわいそうだよ」

「ただ死んでしまうより、いいさ」

滋の目が、黙って宗太を見つめた。

「ただ死んでしまうって？」

「あのまま尺取虫は、あてもなく這っていって、いつか死んでしまう。……そういうことだってあるかもしれないよ」

宗太はそう答えながら、六歳の滋に死ぬことを話すのはいけないことかもしれない、と思った。

「じゃ、いい死にかたなんだね」

無心な滋の目を、宗太はかわしきれない。しかし、どうしてこんなに、この子は死にこだわるのだろう。そう宗太は考えていた。

「人間もそう？」

「人間もって、どういうことだい？」

宗太は訊きかえす。

「おばあちゃんが死にかけているって」

わけのわからないことを言う滋だと思った。

「おばあちゃんって、誰さ」

「ぼくのおばあちゃんだよ、栃木の」

滋と母親の志賀恭子が、栃木の大病院から離婚して出てきたのだと聞いたおぼえがある。

蜂は、自分のからだと同じくらいの虫を、もう相当遠くに運んでいた。

「おばあちゃんが病気だって、恭子さんから聞いたの？」

滋が首を振った。

「誰から聞いたんだい？」

電話がかかってきたの、と滋は言った。

「電話？」

「そう。さっき、ぼくが学校から帰ってすぐに」

電話は、二階の階段ホールに共有のものも一台あるが、滋たちの部屋だけには電話が引いてあった。多香子が住んでいた名残りである。

「誰と話したの？」

「知らないひとだけど……、ぼくのおばあちゃんが死ぬかもしれないんだって」

離婚したさきと、恭子が連絡をとりあっているのだろうか。宗太は思った。

「ね、宗太にいちゃん」

滋は宗太の膝に手を置いて、のぞき込んだ。

「うん?」

「電話のひとがね、おばあちゃん、ぼくに会ってから死にたいんだって」

「……」

「だから、尺取虫が蜂に会って死んだみたいに」

尺取虫がおばあちゃんで、蜂が滋ってことか。そう滋は言いたいのか。宗太は、滋の手を膝からとりながら考える。

「ぼくが、おばあちゃんに会ってやれば、おばあちゃんはいい死にかたをする?」

滋はあくまでも真剣に訊いてきた。

「おばあちゃんが滋に会いたいんなら、会ってやれば?」

宗太はそう答えた。答えてから、「恭子さんに訊いてからだよ」とつけ加えた。

「それじゃ駄目なんだよ。……おかあさんに相談したら、会えなくなるからって」

宗太はしまった、と思った。面倒な話に入らなければよかったと後悔しはじめる。

それは、宗太が小さいときから身につけた処世術のようなものだった。父方の祖父母と母の仲たがいに、うんざりとした少年時代を送っている。

どちらにも加担しないという哲学を、宗太はそのとき持ってしまった。東京に家がありながら、榠櫨荘への紹介を父親に頼みこんだのも、そういった理由があってのことだった。

そんなことを知るわけがない滋は、

「いい死にかたと、悪い死にかたがあるんでしょう?」

そう訊いた。

宗太が滋から目をそらしたとき、山下平祐が玄関から出てくるのが見えた。いつもの、腰で手を組んだ姿でこちらに向かってくる。

「平祐さんに訊いてみよう」

宗太は急に元気づいた。

「ばかに熱心に見ていたじゃないの。なにか珍しいものでもいたのかな」

平祐は、宗太と滋を等分に見ながら、訊いた。

「蜂がね、尺取虫を引いていったよ」

滋はもう屈託がない。さっきの話を忘れたように駆けだしていく。平祐が虫に詳しいのを、滋は尊敬しているのだった。

しかしもう、蜂と尺取虫を探せないようだった。ほんとうにいたんだよ、と滋が叫んでいる。

「ね、宗太にいちゃん、いたよね」

宗太も目で追ってみた。しかし、見つからなかった。

「もう見つからないわよ。いまごろ、地面のなかの巣のなかだもの」

平祐は、きっとジガバチよ、とつけ加える。

「尺取虫に麻酔をして引いていったのよ。いまごろ、尺取虫に卵を産みつけているわ」

平祐は女性言葉を話す。宗太もいまではすっかり慣れてはいるものの、いくらか落ち着かないところがあった。

「尺取虫に卵を産みつけるって？」

宗太の疑問を、滋が訊いた。滋の目はまだ尺取虫と蜂を探している。

「卵から孵ったジガバチの幼虫は、尺取虫を食べて大きくなるのよ」

「へえ、……尺取虫がやっぱり役にたつんだ」

滋は輝かせた顔を宗太に向けた。その目は、宗太にいちゃんの言う通りだね、と言っている。

「尺取虫は、蛾の幼虫なのよ」

宗太は、へえ、そうなのか、と思った。

山下平祐は家具のデザイナーである。気に入った木を探し歩くことから、虫にも詳しいのだった。

「アゲハチョウの幼虫に卵を産みつけるアゲハヒメバチや、モンシロチョウの幼虫に卵を産みつけるアオムシコマユバチ。蝶や蛾の卵のなかに卵を産みつけるタマゴバチっていうのもいるのよ……」

いくらか得意気に、そして楽しそうに説明する平祐を、宗太は感心して見ていた。

「クモに卵を産みつけるキオビベッコウという蜂もいるんだから」

「クモって、あの巣をはるクモ?」

「そうよ」

「クモの糸につかまらないの?」

宗太も意外な気がした。その疑問を滋が訊いてくれた。

「そうなのよね。それで、卵から孵った幼虫は、そのクモを食べて大きくなるのよ」

いつの間にか宗太のそばにきた滋は、平祐の博識を自分のことのように、すごいだろう、という目で宗太を見上げた。

「ね、ミツバチは? ミツバチもそうするの?」

滋はようやく自分の知っている蜂を思いついて、勢いこんで訊いた。

「ミツバチ?」

滋がのってきたことで、平祐はさらに楽しげな顔になった。

「ミツバチは、花の蜜や花粉を食べて育つんじゃなかった?」

そうだ、と滋は首をすくめた。以前に、平祐に聞いていたのだろう。

「こんなところでジガバチを見られるなんて、素敵ね」

平祐はそう言って、夏彦の庭園を見わたした。

そのときだった。

「いい死にかたを、尺取虫はしたんだよね」

滋がさっきの話を持ち出した。

「どういうこと?」

事情を知らない平祐に、宗太は簡単な説明をした。

「滋のおばあちゃん? 栃木のおばあちゃん?……恭子さんから聞いたことないわよね」

平祐は宗太に相槌を求める。宗太は黙って下を向いた。

「だめだよ、平祐さん」

滋が抗議した。

「なにがだめなのよ」

「おかあさんに言わないで。電話のひとが、そう言ったの」

滋の言葉に、平祐は滋の肩を押さえた。そして言った。

「電話のひとに滋は会ったことがないんでしょう?」

「そう」

「会ったこともないひとと約束して、恭子さんに言わないなんて、いけないと思うわ」

言われて滋はうなだれる。そして、小さな声で呟くように言った。

「それでも、約束は約束だよ」

「そうだけどさ、急に滋が栃木に行っちゃったら、恭子さんもわたしたちも心配だもの」

平祐は、ほんとうに心配そうな表情で滋を見つめる。

大人だけの榠櫨荘で、滋はただひとりの子どもだった。みんなが自分の子どものように考え、孫のように考え、弟のように考えている。だから、平祐の心配は榠櫨荘全体の心配になった。

聞いていると、滋には警戒心というものがまるでなかった。

「滋がいなくなったら、みんな悲しんで死んじゃうかもしれないわよ」

平祐はそう言って、唇を嚙んだ。死という言葉に滋がまたつかまった。

「それは、いい死にかたなの？」

平祐は、一瞬怪訝な顔をする。それから急に激しい顔になった。

「いい死にかたってなによ！　死にかたにいいも悪いもないでしょ！」

宗太は、自分が運んだことで尺取虫を死なせて、うろたえた滋のことを説明しようとした。しかし、間に合わなかった。

早い歩きかたで、玄関のドアを荒く閉めて平祐は消えてしまった。六歳の子どもに、六十六歳の大人が本気で怒ったことに、宗太のなかで慌てるものがあった。

宗太の手を、滋の手が握ってきた。泣きそうな顔で見上げる滋に、宗太は黙って何度か頷くことしかできなかった。

3

それぞれの部屋に、トイレと流し台がついているのに、風呂場は一階のものをみんなで使うようになっている。

「見すぼらしいことは、いやですから」

月子のその言葉で、トイレも流しも貧相なものは作られなかった。お陰で、風呂場のスペースがとれなかったのだ。

「みみっちいお風呂なんて、各部屋に作ったってしょうがないわ。一階なら、二、三人でもゆったり入れるぐらいの、大きなのがあるんだもの」

月子がそう言ったことを覚えていると、多香子が夏彦に語ったことがある。

月子が二、三人で風呂に入りたがったというのではない。といって、そのうち家族者も越してくると考えたわけでも、もちろんない。

月子は、貧しいことが嫌いだった。

「お風呂ぐらい、お湯をざあざあこぼして入りたいわ、温泉みたいに。……月子さんって、そういうひとだったわ」

豊かなことが好きだったと言ったほうがいいかもしれない。

「一階まで改造するお金がなかったのではないか」

夏彦は、そう考えたことがあった。お陰で、一階は父の忠長が作ったままに近い形で残っている。広いワンルームの部屋にクラシックな雰囲気の応接セットが庭に面して配され、奥には十人用の大テーブルが置かれている。エントランスホールと、夏彦と平祐の寝室、夏彦の書斎と平祐の仕事部屋、そうして台所と風呂場だった。

滋は榠樝荘（かりんそう）の誰とでも喜んで入ったが、ふたり以上で風呂をつかうのは、志賀母子のほかには夏彦と平祐だった。


「ちょっと恭子さん」

風呂からあがった恭子を、山下平祐が呼び止めた。

「なにか？」

応接セットのところで、平祐と夏彦がオセロをやっていた。いつもの夜の光景である。手元には、ふたりとも水割りのグラスが置いてある。

「滋は、もう寝たの？」

「宗太さんの部屋で遊んでいます」

滋は昼間からずっと宗太といっしょだった。風呂もふたりで入ったはずである。

オセロの盤面を見下ろしながら、恭子は濡れた髪を拭いた。

「水割りでよかったら、勝手に作ってね」

そう言う平祐は、白い駒を置いていくつかを白に返している。

「栃木の家から、滋に電話があったわよ」

「あら」

平祐が恭子を打つ真似をして言った。

「あら、じゃないわよ。生きるの死ぬのって大騒ぎだったんだから」

夏彦が黒い駒を置いて、大騒ぎは平祐さんだけじゃないか、とまぜっかえす。

「どうして、そう言うのよ。夏彦だって一緒に怒ってくれたじゃない」

「だって、一緒に怒らなければ、怒りだすもの」

平祐が、ピシャリと自分の膝を打つ。気分を損ねた証拠である。そのまま両脚を揃えて、恭子に向き直った。

「宗太さんに、なにか聞いた？」

恭子は、なにもと言った。

「んもう、大事なことなのに」

「栃木からは、この頃よく電話があるんです」

「あら、そうなの」

揃えた両膝の上に行儀よく両手をのせた姿勢をとって、平祐が拍子抜けしたような声を出した。

夏彦も恭子を見た。

「恭子さんに内緒で、おばあちゃんに会ってくれって言ったのも、知ってるわけね？」

平祐がたたみかけるように訊く。それは恭子の知らないことだった。恭子はかぶりを振った。

「んもう、じれったいわね！　なにを知っててなにを知らないのよ。……滋を栃木にとられちゃっても知らないから」

恭子は拭き終わった髪をタオルでくるんだ。平祐が遮るように続けた。

「病気のおばあちゃんが、滋に会いたいって言ってるんですって。……死ぬ前に」

「死ぬ前に？」

反射的に恭子は訊き返した。

「おばあちゃんが病気だって、誰が言ったんですか？」

「知らないわよ。電話をかけてきたひとが、そう言ったんじゃないの？」

平祐は、恭子のほうが要領を得ないので苛つきだしたようだ。

夏彦が割って入った。

「栃木の家からは、なんて言ってきたの？」

恭子は気持ちを抑えるために、息を深く吸いこんだ。それから夏彦と平祐の顔を等分に見て言った。

「滋を返すようにって」

すぐに平祐が、馬鹿な！　と吐き捨てた。

「どうしていま頃、そんなことを言ってくるのよ！」

恭子は、自分のためにこんなに怒ってくれる平祐に感謝した。

「再婚したひとが病弱で、子どもがいないらしいの」

「そんなの勝手よね」

平祐の言う通り勝手な家だった。しかしいま恭子が思うのは、自分のあとにきた再婚者のことである。

恭子は姑（しゅうとめ）とまったく合わなかった。どうしてこんなことまで指図をするのだろう。そう思うほど、なにからなにまで、姑は自分の気のすむ方法をとらせた。

そしてさらに不思議なのは、舅（しゅうと）も夫も、姑に少しも逆らわないことだった。舅はともかく、夫が姑の言いなりだった。夫に庇（かば）われたということが一度としてなかった。

自分の実家も医者の家だった。一族のほとんどが医者になっている。しかしそれほど医者という仕事を特別なこととみていたわけではない。ところが、栃木の家は、すべてが医者の家ということを理由にして、細かい指図がはじまるのだった。

「世間さまに対して恥ずかしいでしょう」

「ご先祖さまに対して申し訳ない」

二言目にはそう言って恭子を詰るのだった。そのことをいま思い出して、恭子は自分のあとに来たひとに同情するのだ。耐えられないような日々だろうと思う。

姑の陰湿で、些細な言いがかりが、一挙手一投足を縛った栃木での日々。それをいまでも恭子は夢に見ることがあった。

病院の玄関の花を活けるのは、どういうわけか「嫁の仕事」だと決められていた。

恭子ははじめのうちこの活け花をたのしんだ。姑も活け花をやったことのない恭子に手取り足取りだった。枝に日裏と日表があるというようなことを覚えて、恭子は活け花を好きになっていった。

しかしやがて「花ひとつ活けられないほど教養がない」になり、「葉つきのトサミズキを活けた」とか「ススキを洋花と組み合わせた」と言って非難するようになった。

創意工夫がおもしろかったのに、それがいちいち姑の気にいらないのだった。それでいて、なにをなにと活けろと言うのではない。花屋と相談して求めてきたものに、あれこれ言い出すのである。

それほど気にいらなくても自分から活けるということは絶対にしなかった。恭子が活け終わるまで、あれこれと口うるさいのだった。いや、活け終えたあとまでも。

そんな日々を暮らして、糸が切れたように婚家から三歳の滋を抱いて出てきた。慰謝料の類は一切請求しないという約束だった。そのかわり滋を恭子が引き取れたのである。

栃木の家が滋にこだわらなかったのは、夫が再婚したら、すぐにまた子どもが生まれるだろうし、先妻の子がいたのでは面倒だという計算があったはずだった。

栃木の家から最初の電話が入ったのは、いつだったろうか。

「ひとりで子どもを育てるのは大変だろう」

別れた夫はそう言った。側では姑が聞き耳をたてているのに違いない。ひとことひとこと自分の言う通りに電話させられたことを思い出しながら、恭子は黙っていた。

「俺が引き取って育てるから、おまえはまたいいひとを見つければいいじゃないか」

恩を着せるように言う破廉恥さに、腹がたった。

「いまのわたしには、滋がそのいいひとなのよ」

恭子は気持ちを鎮めて言った。

「おまえはまだ若いんだから、もうひと花咲かせればいいだろう」

窓から桐の花が見えた。紫色の円錐状の花冠が梢に美しかった。

「わたしはいまが花のさかりなの」

それは偽らざる心境だった。こんなに自由なことはなかったように思っている。恭子はそう答えた。

「誰かと暮らしているのか？」

別れた夫の声の調子が変わった。別れても気になるのかと、恭子は黙っていた。

「ひとりで暮らしていると聞いたんだが……」

電話の向こうの声が気弱に響いた。

「滋とふたり」

半分は喜び、半分は落胆しているのだろう。男と暮らしていないことを喜び、滋とふたりなら滋を手放さない落胆が相手にあるだろう。恭子はそう思った。

最初の電話はだいたいそんなことだった、だからあれは初夏だったのだ、と恭子が考えたときだった。平祐がまた訊いた。

「滋も電話に出させているの？」

「そんなこと、したことありません。だって……、あちらの家を出てきたとき、滋はまだ三歳だったんですよ」

「そうよね、覚えていないわよね？」

平祐は、夏彦と顔を見合わせている。

電話はその後も何度かかかってきた。そのひとつで恭子は、新しい妻の不妊を知ったのだった。

「そこにいないの？」

思わず恭子は高い声を出して訊いた。

「あいつ、石女(うまずめ)なんだよ」

無神経な言いかただと思った。

「買いものに出してある」

その言いかたにも、ひとをひととも思わぬ響きがあった。そして自分も、急に使いに出されたことが何度となくあったのを恭子は思い出す。

「滋を、栃木のひとたちと話をさせるのはどうかしら？」

平祐は自分の気持ちを口に出した。

「でも、恭子さんが出かけているときには、どうにもならないでしょ？」

夏彦は諭(さと)すように平祐に言い、水割りを口にした。

恭子もそう思う。電話に出ないように無理に言うのも避けたい。品位を落として生きろ、と滋に教えるようなものである。

「そんなこと言ってたら、滋を取られちゃうから。わたし、知らないわよ」

口ではそう言いながら、投げ出すような平祐ではない。そこのところは、恭子にはよくわかっている。むしろ、そうなることをもっとも望んでいないのが平祐だろうと思う。

かつてふたりのとき、平祐は恭子に言ったことがあった。

「わたしは、子どもって大好き。なんていじらしい生きものかしらって思うのよ。……犬の子だって、猫の子だって、昆虫の幼虫だって……みんなよ。可愛いだけの存在でいられるなんて、素敵よね。……そう思うでしょ？」

胸の前で両手を組み合わせて感情を込める平祐に、思わず恭子は笑ってしまった。滋を、昆虫の幼虫と比べられてはどうかと思いながら、平祐の気持ちがわからないわけではない。

「そのなかでも人間の子は最高よね？　もう、最高！」

最高が、さ、いっこ！　に聞こえた。

「わたし、自分の子どもが欲しかったわ。……そりゃね、若いころは、子どもなんてって思ったわ。でもね、歳とるにしたがって、子どもが欲しくなってきたのよ。……これって、母性本能よね、きっと」

男の平祐が、澄まして母性本能と言うのが奇妙だが、平祐は一向に頓着（とんちゃく）していなかった。

「でも、いまは滋がいるでしょ。最高よね、トレビアンよ！……恭子さんに感謝してるわ。子どもと暮らせるなんて、もう諦めていたんですもの」

平祐は、滋を自分の子どものように考えている。だから昼間のことは重大事件なのだ。もちろん恭子にしたって油断ならない事件だった。

「おばあちゃんの病気なんて、きっと嘘よ」

平祐の言う通りだろう。そういう方便をすぐに思いつき、子どもであろうと誰であろうと、平気で言ってのける姑であり、それに従う元の夫だった。

「許せないわよね」

平祐の言う通り許せないと思う。身勝手に考える貧しさがどこからきたのか、恭子には想像がつかない。

「養子はだめなの？」

何度目かの電話に、恭子もそう言ったことがある。

「血が繋がっていないじゃないか」

そんなこともわからんのか、という尊大な言いかたで元の夫は即座に言った。

離れてから、すでに三年にもなる。滋のほうには記憶すらないだろう。姑たちにしても愛情が失せているだろうに、それとも、姑たちにとって可愛いのは血なのだろうか。

恭子は、榠樝荘に越してきて以来、血縁というものに懐疑的になっている。この榠樝荘にはそれほど、血を超えた繋がりがあるように思う恭子だった。

かつて夏彦から聞いたことだった。

「この榠樝荘を作った月子というひとを、といってもぼくの母だけど、母鳥のようだと思ったことがある」

それも姉の多香子の説だと断って続けた。

「鳥っていうのはね、卵で生まれてくるでしょう？　親と子どものあいだに、あの卵があるわけだよね？……哺乳類とは、そこのところがものすごく違うんだね。哺乳類は、臍の緒で、いわば血が繋がったまま生まれてくる。……ところが、鳥は違う。あの卵が、血を遮断しているんだよね。それでも一緒に暮らせば家族なわけよ。……月子っていうのはそういうひとだったと思う」

そう言われてから、恭子は榠樝荘はカッコウに托卵させられるホオジロの巣だと思うようになった。

カッコウは自分では子育てをしない鳥だと聞いている。ホオジロやヨシキリなどの巣に卵を産み落として、彼らに卵を抱かせる。生まれたカッコウの雛は、からだに触れたものすべてを巣の外に落として、自分だけが仮親に餌をもらえるようにする習性がある。

「哺乳動物は、自分の子どもとひとの子では、すぐに区別がついてしまう。ところが鳥類は卵さえ似ていれば、温めて育ててしまう。……それもこれも、卵のせいだと思う。……鳥類の家族と、哺乳類の家族とはそこのところが違う」

恭子はそう聞いたことを思い出していた。

栃木の家も、財産だけのことなら養子でもいいのだろう。しかし、それではだめなのだ。血が繋がっていなければいけないとこだわっているのだった。

「だいたいが卑怯よ。滋のような小さな子に、おばあちゃんが病気だとか、死にそうだとか吹き込むなんて……」

平祐の憤りは、なかなかおさまらなかった。もうオセロどころではないようだ。夏彦もそのことは承知して、ゆっくりと水割りに専念している。

「なにかつくろうか？」

夏彦が話題を変えた。

「わたしはいいわ。食べものなんて喉を通るわけないもの」

恭子は、ごめんなさい心配かけてと謝る。

「平祐さん、そんなこと言ったら嫌味になるよ」

夏彦が感情を抑えて言った。

「あら、どうして？」

「おなかの空いているひとは、滋を心配してないみたいに聞こえるよ」

「そんなこと言ってないわ。ね、恭子さん、そんなふうに聞こえて？」

いいえ、と恭子は言う。

「ほら、みなさい」

平祐は勝ち誇ったように顎をあげてみせた。

「ぼくはなにか食べようかな」

夏彦が、それを無視して立ち上がる。

「なによ、おなかを空かしているのは夏彦なんじゃない」

「だって、ゆっくり食べられなかったもの」

平祐が、夕食の間も滋のことを心配して、うるさく言ったのだろう。

「夏彦さん、温め直しでよかったら、鮭の皮の天ぷらを持ってきますけど」

恭子は夕飯のおかずの残り物だと断った。

「鮭の皮の天ぷら？　いただこうかな」

夏彦が素直に言った。

「恭子さん、あなた妙なもの食べてるのね？　鮭は身を食べるんじゃない？　鮭の皮？」

平祐が怪訝な顔で訊いた。恭子は吹き出しながら部屋に戻り、天ぷらを手早く温めて戻った。

「ずいぶんあるわね」

平祐も覗き込む。

「平祐さんもいただいたら？」

夏彦は、早くも天汁に入れ、これはうまい！　と叫ぶように言った。

「あらほんと。お酒に合うわね。でも、鮭の皮だけ買ってくるの？」

恭子はおかしくてならない。

「昨日、わたしたちは鮭の味噌鍋を食べたんだよ、平祐さん」

「あ、そうだ。あの残り？」

「そうなんです」

夏彦が天ぷらをためつすがめつして言う。

「ずいぶんと手がこんでるね、これは。……牛蒡、人参、それにこれは大葉だね？」

「そう、さすが夏彦さん」

夏彦の料理の腕前は相当なものがある。

「鮭を三枚におろしたとき、軽くたたくと皮がとれますよね」

「………」

「この皮をきざんで、塩をふっておくんです。細切りにした牛蒡と人参、そして鮭の皮を大葉の内側にのせて、もう一枚大葉ではさんで……、衣をまぶして揚げたんです」

「へえ、なかなかの味」

平祐も、黙って二枚目に箸をのばした。

「ほんとは、大葉よりユキノシタを使うんだそうです」

「へえ、ユキノシタ。だったらあったのに」

「ユキノシタがですか？」

夏彦の庭園に無いものはなし、と平祐があらぬほうを見て言った。

「小楢の木の奥に、けっこう生えているよ」

「そうですか、じゃあ、今度はユキノシタでやりますね」

「そうしよう。鮭の皮とユキノシタの葉の紅紫色の取り合わせもいいだろうしね」

「ユキノシタだと、からだにもいい気がしますね」

夏彦はまた、天ぷらを天汁のなかに入れた。

「お、やってますね」

声に振り向くと、でっぷりとした鵜沢哲郎が入ってくるところだった。

「鵜沢さんは、きょうはこちらで仕事だったんですか？」

夏彦がソファの席をゆずりながら、訊いた。

ユキノシタ

「いえ、いま帰ってきたところです」

哲郎は近くにグラフィックデザインのオフィスをもっているが、出かけずに部屋で仕事をすることもある。

「飲りますか？」

平祐が訊いて、立ち上がろうとする。それを手で制して、哲郎は自分で水割りをつくった。

「恭子さんも飲っているんですか？」

哲郎は、よく肥えた丸い手でグラスに氷を落としながら訊く。

「いいえ、きょうはおやすみ」

「さすがに医院に勤めるひとだ。休肝日を設けているんだから」

肝臓を休める日を、哲郎は休肝日と称して悦に入っているところがある。それを言うたびに腹をゆすって、声をたてずに笑うのだ。

夏彦はそんな哲郎を横目に見て、グラスを口にもっていく。

この哲郎の父親鵜沢厚太郎を、月子が好きだったと姉の多香子は言う。そしてまた、不釣り合いすぎて、そのことがどうしても信じられないとも言うのだった。

確かに月子は華やかなことが好きな、おしゃれな女だった。

ここに多香子がいて、いま腹を揺すりながら声もなく笑う哲郎を見たら、好感の持てる明るい男だが、やはり月子が好きになるタイプではないと言うだろう。

話がまた滋のことに戻っている。平祐が哲郎に説明したからだった。

「その、肝心な滋はどこに行ったのかな」

哲郎の話しかたは、どこか老成の感じがある。

「宗太さんのところ」

「それはよかった。ぼくはまた、連れ去られたのかと思った」

悪い冗談言わないでよ、と平祐が向きになる。

「すみません、悪い冗談でした」

哲郎は平祐に向かって、深く頭を下げた。そして顔を上げるとき、天ぷらを太った指でつまみ、天汁もつけずに口に放りこんだ。

「うまいもんですねえ、これは。また夏彦さん考案の新メニューですか？」

恭子さん、と平祐がにべもない言いかたをして、そして続ける。

「なんの料理かわかる？」

「天ぷらですよね」

三人が一斉に吹き出す。

「天ぷらじゃないんですか、これ？」

天ぷらでいいんだよ、と夏彦がとりなす。

「ただね、なんの天ぷらだと思うかって訊いたんですよ、平祐さんは」

もういいわよ、と平祐は立ち上がる。

「こんなセンスで、よくデザイナーがやってられるものね」

夏彦は、目顔で黙っているように哲郎に伝える。

「じゃ、わたしは寝ますから。でもね、恭子さん、ほんと気をつけてよ」

平祐はまた念を押して、寝室に消えていった。

「あれで、心配でしょうがないんだ」

ドアが閉まる音を確かめてから、呟くように夏彦が言った。

「ほんとにいいひと」

恭子が言い、哲郎がゆっくりと頷いた。

4

夏彦と平祐が出会ったのは、詩の会でだった。もう三十年以上も前のことになる。会員のほとんどが難解な詩を書いているなかで、ふたりだけは、わかりやすい詩を書いていた。つとめてシンプルに、植物に託して詩にしていた夏彦を、平祐が褒めたことでふたりは急速に親しさをました。

平祐の詩は、虫や樹をうたうことが多かった。しかもその詩のなかに激しい感情が揺れているもので、夏彦は平祐の詩にふれるたびにどきどきした。

樹は動けない
だから時折り
動物たちが
おびえるほどの烈しさで
からだを鳴らす

風のせいにするなんて
まったく
人も動物も愚かすぎる

樹は飛べない
だから時折り
鳥たちが
おびえるほどの烈しさで
枝という枝ではばたく
風のせいにするなんて
まったく
人も鳥たちも愚かすぎる

樹は動けない
だからずうっと
動物にも鳥にもない烈しさで

樹は立っている
あれは　真似のできない立ちかただ
あんなに烈しい立ちかたに
気づかぬなんて
まったく
人も鳥も　そうして動物も愚かすぎる

樹は動かない
だから時折り
そよともいわない沈黙に
樹は
静まりかえってみせることがある
人も動物も鳥もかかえて
そよとも語らない
99万年の充実した孤独

これは、平祐が書いた最後の詩だった。それから平祐は、ひとつも詩を書かなくなった。

その理由を夏彦は知っている。

平祐は、詩よりも木製の家具を作ることに没頭しはじめた。

「木は、たわむ。ゆがむ。しなう。くるったように。そして木は死ぬことがない。伐ってもまだ烈しく生きている。……わたしは詩を書いているゆとりがなくなった。木を見守ってやれるかどうかわからないが、わたしひとりぐらい、木の話を聞いてやらなくてはならない」

墨をたっぷりと含んだ筆で書いた、激しい文字の手紙を詩の会に送って、それが平祐の脱会届けとなった。

平祐は、その宣言文を実は夏彦の部屋で書いたのだった。書き終えて、それを平祐は夏彦に見せた。

夏彦は裸の胸の上で、その手紙を読んだ。

「なにもやめなくてもいいのに」

平祐は激しく振り向き、詰るように言った。

「ふたりで詩を書いていたら、ふたりとも破滅するわよ」

「そうかなあ」

夏彦は、またのんびりと返した。

「どうして夏彦はそんなに鈍いの？　木とつき合い、夏彦と暮らして、もうそれ以上できるはずないわよ」

月子は、ふたりが同じ部屋で暮らしはじめても、特になにかを言うようなことはなかった。

「ひとの恋路を邪魔するやつは、馬に蹴られて……」

どこかに出かけていっては、そんな歌を歌って帰ってきた。息子の暮らしぶりになにかを言うほど、月子は暇ではなかったのだろう。夏彦はそう思っている。

姉の多香子もそうだった。夏彦が男の平祐と暮らしだしたことを、多香子は自然に受け止めてくれた。あまりなにも言わないので、あるとき多香子に訊いたことがある。

平祐が栗の丸太を選びに、岐阜の山奥に出かけた夏の宵だった。

多香子はこう言った。

「わたしのなかにも、女のひとに惹かれるところがあるもの。街を歩いているとき、目の前を素敵な女が歩いている。ああ、きれいだな、素敵だなと思うのよ。そのひとがわたしの腕をつかんだら、わたし、黙ってついていくだろう。そんな脆い瞬間がいくらもあるもの。……いまはまだ、わたしは男に惹かれてしまう。それに、女のひとに惹かれるのも、そのひとの美しさにだけだわ。……でもいつか、わたしは女のひとの心に惹かれるような予感がするの」

だから、夏彦が平祐に惹かれるのはよくわかる。多香子はそう言った。

「それに、あの華奢な平祐さんのなかに、どうしてあんなに烈しいものがあるのかっていう、あの落差は魅力よ」

夏彦は、多香子の言うことが当たっていると思った。

「わたしも、いつの間にか、平祐さんに見とれていることがあるもの。夏彦が惹かれるのはあたりまえのことでしょうね」

アトリエの平祐が木の肌を米糠で磨いているのを見ていて、何度か眩暈を感じたことがある。多香子は打ち明けた。

あのとき、城田の家に生まれたことを、夏彦はどれだけ感謝したかわからなかった。

平祐はすべての無駄を殺いで、張りつめた神経だけになってしまうことがある。それは、かつては詩に向かうときだったし、いまは木に取り組むときであった。そして、はじめて夏彦に向かったときの平祐は、見たこともない静謐な烈しさをみせた。

夏彦のなかには、いつも平祐に対する尊敬がある。

「尊敬している」

はじめにそう言ったのは、むしろ、平祐だった。平祐が夏彦に、誰よりも夏彦を尊敬しているわ、と言ったのだった。まだふたりが若い、夏彦が二十代のことである。

尊敬には
死にたくなるような愛がある
ぼくは　尊敬を知りました

夏彦は、平祐の裸に触れた翌朝、ノートにそう書いた。

山下平祐と出会ってから、およそ血縁らしいものを、平祐は夏彦に紹介したことがなかった。まったく天涯孤独で生まれたかのように、肉親のことを少しも話さない。月子も多香子も訊かなかったし、夏彦はその必要を感じなかった。したがって、そのままになっている。しかし夏彦は、平祐が血縁に無関心さをみせればみせるほど、血縁にこだわっているのではないか、と考えることがあった。

まだ詩をやっていた頃の平祐が、植物の血縁という題の詩を書いたのをうっすらと覚えている。根を張って繋がっていく家族より、種子で別れていく家族を選ぶ。そんな内容だったように記憶している。

平祐が詩をやめたのは、血縁からの離別のためではなかったか。そんな推測をしたことが、夏彦にはあった。

詩をやっていると、言葉がいつの間にか自分の生のルーツを尋ねていることに夏彦は気づいていた。だから、そんな推測をしたのである。

平祐の作る木の家具は、ほとんどが白木に近かった。わずかに椿油を塗るぐらいで、あとはほとんど米糠で磨きあげる。

「これだと木は死なない。塗料を塗ってしまうと、木は死んでしまうわ」

木の選びかたも平祐独特のものだった。日本に自生した木を必ず使う。

「節や穴があるほうが木らしいわ。むしろ、木がみずからにデザインしたんだって考えるべきよ。それに負けない制作をしなくてはいけないと思う」

華奢な平祐のからだのどこに、そんな力があるのかと思うほど、大きな一枚板と取り組んでいたりする。起きたいときに起きてアトリエに入り、いつでも寝たいときには寝てしまう平祐の制作方法も、木とともに起居する自然体なのかもしれない。

「家具になっても、木自身が部屋のなかの湿度を調節してくれるのよ。湿度が高ければ水分を吸ってくれるし、低ければ吐いてくれるんだから」

そういう木にたいする哲学を、木と暮らして平祐は得たのだと夏彦は思う。

しかし、木とは徹底的につき合う平祐も、草花には距離をもって近づかないようなところがある。

「草花は可愛がると懐くでしょう？　あれが嫌いなのよ。こっちに寄ってこない木のほうが好き。木のほうで、わたしを呼ぶんですもの」

そこのところは紙一重だと思うのだが、夏彦は、平祐のこの感覚がわからないのではない。樹木より草花のほうが、より人間的だと気づくことが多いからだった。少し見てやらないと、驚くほど荒れた表情をするのは草や花だろう。

「木は、自分のことは自分でやってしまうわよ」

夏彦は、庭にある野茉莉や櫟、水木、小楢、春楡をそっとしておく。もちろん木槿や桐、楓にも手をつけないでいる。

「木を手入れするなんて傲慢だわ」

と、平祐もただ見ているだけだった。

料理の好きな夏彦にくらべて、一方、平祐はそうでもない。菜っ葉や食器を洗ったりして、手伝いはするが、料理にもある距離を崩さない。そのくせ買いものにはよくつき合って、特に魚の鮮度には口うるさいところがある。

「わきから腹にかけて玉虫色だから、この真鯵は合格！」

店先でも構わずに言うので、夏彦がはらはらすることも多かった。

ともかくいろいろあった。いろいろあってふたりで暮らした人生は、三十年以上になっている。

夏彦は人生の伴侶として平祐を選んだことを、自分にはできすぎたことだと思っていた。

5

滋が腹這って絵を描いている。

昨夜、宗太のところで覚えてきた方法だといって、滋はさっきから無心に描き続けていた。

赤、青、黄と白。四本の絵の具だけで描く方法に熱中して、葱を描いている。本物の葱が画用紙のなかの葱と並んでいるのもおもしろい。というより、本物の葱に添って絵を描いている、といったほうがいい。絵の具の色を混ぜては筆先の色を、本物の葱のところにもっていってくらべ、それに納得すると画用紙にいきなり筆をおろすのだった。

輪郭もとらなければ、鉛筆でスケッチするということもない。だから、画用紙におさまりきらなくなってしまう。

昨夜持ち帰った人参の絵は、はみだしたところにさらに画用紙を継ぎ足して、その上で完成していた。

画用紙を継ぎ足して描いたものを、恭子ははじめて見たが、びっくりするほど味のある絵だった。

「ほんとに滋が描いたの？」

得意そうに滋が差し出した絵を、思わずそう訊いてしまったほど勢いがあった。ともかくよく描けているのである。伸び伸びとして、おもしろい。

「ここは紙が足してあるの？」

「描ききれなかったの」

「はみだしちゃったのね」

そうなの、と滋は照れてすぐに、

「そうしたらね、宗太にいちゃんが紙を継ぎ足して描けって言ったの」

完成させた人参の絵に余白をつけて切りとり、黒い紙の上に貼ってある。黒い紙が額縁のようになって、いっそう滋の絵をひきたてていた。

「うまいでしょ」

「ほんとにうまい。宗太さんに手伝ってもらったんじゃないのね？」

「もらわないよ。だって宗太にいちゃんは、ぼくが絵を描いている横で、本を読んでいたんだもん」

それが昨夜のことだった。

絵を描く滋のからだ半分に、秋の陽が当たっている。温かく、明るい部屋のなかだった。ジーンズの半ズボンから伸びた滋の脛（すね）が、恭子には眩（まぶ）しくてならない。大きく伸びていく滋が、単純に不思議なのだ。

それにしても、と恭子は思う。

栃木の家が滋を欲しがりだした勝手さには腹が立つが、最終的には滋が決めることかもしれない。そんな思いも心のどこかにはある。

法的には決着のついていることだった。しかし滋の心には、法はなんの拘束ももたらさない、と恭子は思うのだ。

時々、滋が父親のことを訊くことがあった。そのつど、恭子は隠さずに話してきた。

「ぼくの名前は、おじいちゃんがつけたんだね」

そんなことを、急に滋が言いだすことがあった。友だちと名づけの親のことが話題になったりしたときなのだろう。

「そうよ。おじいちゃんのおじいちゃんから取った名前なのよ」

「どうして、おじいちゃんのおじいちゃんの名前をつけたのかなあ」

「立派なひとだったんだって。あなたに立派なひとになってほしいからでしょう」

あるいは、またこう訊いたりする。

「どうして、おとうさんは生きているのに別のところに住んでいるの?」

それにも恭子は、できるだけ正確なことを伝えようとしてきた。

「おかあさんが、おとうさんのこと、嫌いになったの?」

「……おかあさんも好きではなくなったし、おとうさんもわたしのことを好きではなくなったの」

「嫌いになったら、別れたほうがいいんだね」

「別れたほうがいい場合も、……たぶんあるのよ」

滋は、疑問に思った部分だけを訊いてくる。その疑問に滋なりに納得のいく答えをつかまえると、話題は別のことに移っていく。しかし別のことになったとしても、滋のなかでは、そのひとつひとつが消えてしまうのではない。いったんはなりをひそめるだけのようだった。

滋の脛が、空中で交差している。その影が、恭子の膝の上で動いていた。

以前には訊かれなかったことが、この頃、滋の質問に増えてきている。

「ね、離婚って、生き別れのことなんだって?」

唐突なので、答えに詰まることもあった。

子ども同士の話題になることなのだろう。食事をしているときなどに、突然といった感じで、恭子に質(ただ)してくるのだった。

「嫌いになって一緒にいるより、別れたほうがしあわせになるの?」

「……」

滋のクラスでは、六つの家庭が離婚をしている。親の問題は、いつでも子どもの問題になっているのだ。恭子はそう考えるようになった。

「桐の葉が落ちてしまったのよ。だからこんなに陽が差してくるんだ」

恭子は突然に気づいて、窓辺に寄った。

「そうだよ。おかあさん。今週がいちばん散ったって、夏彦さんが言ってたよ。宗太にいちゃんとぼくと夏彦さんとで、いっぱい集めたんだよ」

滋は手を休めずに言う。

その夏彦が半分ほど紅葉した小楢の木の下にいた。

「ユキノシタ、ありました?」

恭子は声をあげる。夏彦が頷き、小楢の奥を指さした。滋が恭子を押しのけるようにして覗きこもうとする。

「ね、ユキノシタってなに?」

「それは、植物です」

「なんだ植物か。……ぼくは雪が降ったのかと思っちゃった。つまんないな」

「まだ雪は降らないわ」

「そうだけどさ」

「雪が降っても、雪の下で元気な植物なのよ、きっと。だから、そんな名前がついたんじゃないかなあ」

「あ、そうだよ。おかあさん」

滋の素直な反応が、恭子にはいつも新鮮に映る。

恭子は滋のからだを抱き寄せる。しかし滋は恭子の感傷につき合ってはくれなかった。するりと抜けて、また絵を描きはじめた。

夏彦が窓の下に来ていた。うっすらと白い息を吐いている。

「日曜なのに、こんなに早く起きたんだね」

見上げて、夏彦が言う。

「桐の葉がこんなに落ちたのを知らなくて、……あんまり部屋のなかが明るいもんだから」

「まだ、七時だよ」

夏彦の足下で、桐の葉を踏む音がしている。越してきた当座に、落ちた桐の葉を掃き集めて、夏彦にたしなめられたことを恭子は思い出す。

「ぜんぶ掃くことはないですよ。隠れては困る草花の上の葉を拾っておくぐらいで」

恭子さん、と夏彦が見上げている。

「はい？」

「こんど鮭が届くのは、いつ頃ですか？」

「さあ、いつでしょう」

「十本送られてきても、まだまだ余るぐらい、たっぷりとユキノシタはありますよ」

それから、ふたりは笑い合った。

「今朝は、朝食を一緒にとりましょう。滋は起きていますか」

起きてまーす、と滋が絵を描く手を止めずに叫ぶ。

夏彦が何度も頷き、黙って玄関に入っていった。

恭子は、こんなふうな日常が嬉しいと思う。ここには、とっぴなことはなにも起こらないかわりに、つつましい贅沢がある。

誰かと誰かを比べたり、なにかとなにかを競い合ったりということがなく、ありのままの姿でいていい生活がある。栃木の生活にはなかった陽だまりのような生活がある。そう恭子は感謝している。

大家族のように大勢と暮らしながら、それでいて個の生活に踏み入らない節度が、どれだけ心休まることか。恭子は思う。

恭子の個の生活に、新しい変化が起こりはじめていた。それはまだ、恭子だけの予感なのかもしれなかった。「鼻曲がりの鮭」を贈ってくれた男が、そんな予感を恭子に抱かせる。

その男は、ある日ぽっと小児科医院にあらわれた。

受付の窓口から、いきなり保険証を差し出したのだ。目を上げた恭子に映ったのは、髭面の背の高い男だった。Tシャツ姿だった。

「お子さんは？」

男は黙っていた。恭子はいくらか気後れした表情をみせたのかもしれない。

「お子さんは、どちらですか？」

保険証を返しながら、再び恭子は訊いた。

保険証からは、百瀬駿、三十五歳しかわからなかった。不思議に思った恭子が男に目を戻したとき、男は自分のことを指さした。

「風邪だと思うんだけど」

子どもの診察に来たついでに、風邪薬をもらっていく親は時々いる。しかし大人だけでやってくるケースは、勤めてからはじめてのことだった。

恭子は一応、院長に確かめにいった。年老いた院長はひとこと、いいよ、と言った。

「駿はね、子どものときからうちにかかっているんだ」

両親が岩手に帰っても、百瀬駿は東京を離れなかった。そして映画の勉強をしていることを、恭子は院長から聞いて知った。

「あっちに帰ると、映画館が少ないでしょ、それが困るんですよ」

百瀬駿からそう聞いたのは、はじめて出会ってから二年はたってからのことだろう。

お金がなくなると道路工事のアルバイトをし、少したまると自主製作で映画づくりをするのだという。

駿が恭子と話すようになったきっかけは、ささいなことからだった。

一日の診療も終わり、帰り支度をしているところに駿が飛びこんできた。

見るからに熱のある顔で、「腹がいたい」と言った。

「なにか腐ったものでも食べたんじゃないのか?」

院長が笑いながら、聴診器を当てる。

子どものときから診てきているというのが、町医者のいいところだろう。悪い部分だけを診察するというより、からだ全体をつかんで治療するように思える。

「あまった弁当を食べたせいだ」

ロケが終わって片づけていると、昼に配られた弁当があまっているのを見つけた。それを食べたのだという。

「腐っているかどうかも、わからないのか。まったく」

「あれぐらいなら大丈夫だと思って……。やっぱりな」

「馬鹿をいいなさい。駿は昔から、そういうところがあったんだよ」

注射をされて、駿はしばらく子ども用のベッドにからだを折り曲げて寝ていた。

そのときだった。

「志賀さん、きれいですよ！　この角度からの顔がいちばんきれいなのを知ってました？」

両手を組み合わせてレンズのフレームをつくり、それを通して駿がベッドから叫ぶように言った。

「ありがとう。それでは百瀬さんが言うように、こちらの角度を向けて歩くようにしましょうか」

恭子は、駿に言われた角度で、澄まして診察室のなかを歩いてみせた。どうして彼の言葉にのったのか、不思議だった。

「でもね、百瀬さんたら、なにかを見るときはいつもレンズを通して見るんでしょう？……下痢をしているときでさえ、そうなんだから」

「そんなんじゃないですよ。でもね、とてもいいアングルだったから」

駿はそう言って、指で組んでいたフレームをはずした。

「ほらね、いいアングルだけしかいらないひとなんですよ、映画屋さんは。あとのアングルは、ぜんぶ捨てちゃうでしょう？」

恭子は思ったままを言った。

「一本ありー」

老院長が笑いながら裁定した。

半年前のその日からだった。恭子は時に、百瀬駿とコーヒーを飲むことがあった。それはそれで榠樝荘にいるときとは違った心の休憩となるように思った。

その百瀬駿が、ひさしぶりに岩手の両親のところに帰り、「南部の鼻曲がり」といって鮭を送ってきてくれたのである。

「ね、朝ごはん。食べに行こ」

もの思いにふけっていた恭子の腕を、滋が引いていた。


階下におりると、夏彦と平祐のほかに、宗太と高山恵理子がいた。

「おはよー」

口々に挨拶し合って、テーブルにつく。滋は恭子を離れて、平祐と宗太のあいだに入る。

恭子は自分で作った夏蜜柑のマーマレードをテーブルの上に置く。この夏に作った最後のひと壜だった。榠樝荘での評判はいい。

「わたしは、サラダにしたわ」

高山恵理子は、大きなガラスのサラダボールを指さした。サラダ菜でまわりを囲み、なかをふたつに分けて、キャベツとハムのみじん切り、ほぐした貝柱と大根の千切りをそれぞれマヨネーズであえた、ボリュームたっぷりの一品料理になっている。

「ぼくは、例によって食欲だけを持ってきました」

宗太がちょこんと頭を下げる。滋がそんな宗太を上目づかいで見上げた。

「宗太の食欲は、わたしたちにはなによりのご馳走だよ」

夏彦が言う。

「そうよね。ジアスターゼのなん倍も食欲を誘ってくれるわよね」

平祐が言うと、テーブルは笑いで囲まれる。

恭子の好きな瞬間だった。

突然といった感じで、平祐が隣の席の滋の頭を、細く長い指で押さえた。そうして訊く。

「滋は、今朝はなにを持ってきてくれたのかしら?」

「えー、ぼくー」

急な攻撃に、頭を押さえられた滋は、テーブル中を目だけで見回す。

「滋も食欲持参かしら?」

重ねて平祐が訊いた。

すると宗太が、今朝は手ぶらってわけにはいかないんじゃないか、とからかった。

「えー、どうして？　宗太にいちゃんだってなにも持ってこないでしょ？」

「ぼくは、食欲を認めてもらったからね」

「えー、ずるいなあー。ぼくも食欲持参にしとこ」

すると、すかさず宗太に言われる。

「真似っこはいけないよ」

平祐も滋の頭に置いた手を離しながら、真似はよくないわよねー、と宗太に相槌を打った。

「せめて、人参の一本ぐらいは持ってくるべきじゃないかな」

宗太がそう言って助け舟を出した。とたんに、滋の顔が輝いた。

「そうかあ、人参一本かあ、忘れたあー」

すばやく椅子から飛び降りると、滋は二階に駆け上がっていく。

「いったいなんのことなの？　人参一本って」

事情を知らない高山恵理子が、今度はテーブルを見回す番だった。

「ね、宗太くん、なんのことよ」

恭子と宗太が顔を見合わせて、笑い合った。

「あ、いやーな感じ、ふたりとも。ね、平祐さんもそう思わない？」

もちろん平祐も夏彦もまだ知らないことだった。そうしている間に、滋が画用紙を手に飛び降りるようにして戻ってきた。

「お待たせしました。人参一本と、食べかけの葱一本でーす」

テーブルのみんなが、口々に、おいしそうな人参だと褒めそやす。

実際よく描けている、とあらためて恭子は思う。

「葱は今朝から描きだしたの?」

宗太が訊く。

「そう。だからまだ、これっきゃ描けてないの」

滋はいくらか得意そうに胸を張った。

「ほんと、上手。鵜沢のおじさんより上手よ」

平祐がそう褒めたあとで、また滋をからかう。

「あんまりおいしそうだから、食べたいわ。滋」

「なあに?」

「わたしのお皿の上に、その人参を洗ってきて置いてちょうだい」

滋はにやにやしながら、できないよ、そんなこと、と言う。

「わかってるじゃないか、そんなこと」

そう言いたいと顔に出ている。

「それじゃ、せっかくだけど、人参持ってきてくれたことにはならないわ」

滋は困り果てた表情で、恭子に助けを求めた。

すると、夏彦が滋を呼んだ。

なにごとか滋に耳打ちすると、聞いていた滋の頭が大きく頷いて、平祐さん、と元気な声で言った。

「なんでしょう」

「ぼくの人参はね、世界中に一本しかない、とくべつな人参なの」

「だから、食べたいのよ。早く洗ってきてちょうだい」

滋は平祐の肩に手を置いた。そうされたことが嬉しくてならないのに、平祐はお皿を口でふーっと吹く。

「この人参はね」

滋が続ける。

「人参のところに、食べたいひとが行かないと食べられない、とくべつな人参なの。だから平祐さんが、絵のなかに食べに行かなくちゃ食べられないのです」

滋は、夏彦の顔を見い見い、そう言い切った。

「なんだ、そうなの」

平祐が大袈裟に落胆してみせる。

「そう」

滋は得意になった目を、恭子に向けた。

「ようやっと切り抜けたって感じね、滋くんは」

恵理子の言葉に、滋は大きなため息をついて言った。

「そう、朝からつかれちゃったよ」

思わずみんなが笑った。

「夏彦さんがいなけりゃ、困ったでしょう?」

恵理子は重ねて滋に訊いた。

滋は素直に頷いた。手にはすでにパンを持って、バターを塗りはじめている。

「だから、滋くんは子どもなんだよ」

大きなからだの恵理子は、時々男のような話しかたをする。

「ぼく、子どもだもん」

そう反応しながらも、子どもと言われたことが不満らしく、滋は居直った。

「ほら、すぐにふくれたり、わからないと誰かに訊きにいくでしょ? だから子どもなの、滋くんは」

恵理子のことも、滋は大好きなのだ。風呂に入れてもらったり、休みの日には、どこへでもついて行きたがった。書店に勤める恵理子の休日が、みんなとずれているせいもある。

「ぼく、子どもだもん！」

滋はパンに齧（かじ）りつきながら、再び不満そうに繰り返した。

「だからね、子どものままでいたかったら、それでいいの。早く大人になりたいなら、困ったときも、自分で考えて自分で切り抜けなくちゃ」

滋は上目づかいで恵理子を見上げた。それから、急になにかに気づいたらしく、あ、そうか、と言った。

恭子は、あの話だろうと思った。偶然、滋と恵理子が話しているのを聞いていたのだ。

滋が、死についてこだわったことがあった時期だった。

「ひとはみんな死んじゃうんでしょう？」

滋の言葉に、特別のことでもない限り、ひとは順番に死ぬのよ、と恵理子は答えていた。

「じゃ、平祐さんが死んで、夏彦さんが死んで、それから哲郎さんが死んで……、それからおかあさんが死んで、それから……」

「もういいわよ」

自分の名前が出るところで、恵理子は滋を止めていた。

「いつ、死ぬの？」

「まだ、ずっとさき」

「ぼくが大人になるまで、平祐さんと夏彦さん、生きてるよね？」

「生きてるわよ」

滋が安心したように、よかった、と言った。その滋に恵理子が、どうして？　と訊いた。

「ぼくね、早く大人になってね、平祐さんや夏彦さんや、みーんなをハワイに連れてってやるの」

「ハワイに？」

「そう。榠櫨荘（かりんそう）のみんなをハワイに。……ぼくが大人になったら、みんなで旅行に行くんだよ」

そんなこと考えているんだ、と言って恵理子が、滋の頭を抱えこんだ。プロレスのようにヘッドロックされたまま、みんなに言わないでよ！　と滋が力んで恵理子に約束させ、恵理子は、早く大人になれよ！　と滋の小さな尻を何度かたたいたのだった。

そこまで恭子が思い出したとき、恵理子が駄目押しの念を入れた。

「早く大人になりたかったんだろう？」

「わかったよ、恵理子ねえちゃん、わかったよ」

滋は、一瞬恭子に目を投げて、もう一度わかった、と恵理子に向けて叫んだ。

「なによ、急に形勢逆転ね、いったいどうしたのよ」

平祐がサラダボールに手を伸ばしながら訊いた。

「いいの、平祐さん。ぼくは早くに大人になりたいことがあるの」

「その理由を知りたがっちゃ、いけないのね？」

「そう、いけないの。ぼくと恵理子さんの約束なんだから」

滋は、平祐からサラダをとってもらいながら言い切る。

「約束じゃ、これ以上訊けないじゃないの。んもう、みずくさいわね」

滋が小さな声で、「ごめんなさい」と言った。

榠樝荘(かりんそう)に越してきた当初、大人の集団のなかで、滋が甘やかされないかと恭子は心配したものだった。まったくの杞憂(きゆう)だった。むしろ栃木の家で育ったほうが、とめどなく甘えん坊になっただろうと、いまでは思っている。

恭子にとってもそうだが、滋にとっては榠樝荘(かりんそう)は最高の環境に思えた。いまの時代に、これだけの環境を望んでも望めないだろう、そう恭子は思う。

「あ、忘れた」

滋は、口にトーストを頬ばって言った。

「よく忘れるやつだな。こんどはなに？」

そう言った恵理子は、二枚目のパンにマーマレードを塗っているところだった。

「おかあさん、こんどの日曜日、父親参観だよ」

そういえば、学校からそんな通知を滋は持ち帰っていた。

「チチオヤサンカン？　なによ、それ」

平祐の質問に滋が答える。

「おとうさんが、授業を見にくる日のことだよ」

恭子が言おうとしたときだった。恵理子が一瞬早く言った。

「滋くんには、おとうさんがいないもんね」

平祐が、あっ、と言った。あまりにも率直な恵理子の言いかたに、うろたえたのだろう。平祐は、睨むような視線を恵理子に向ける。

「いるけど、いないよ。だからさ」

滋は、平祐がうろたえたほどには恵理子の言葉に頓着していなかった。大人だけが、滋の頭越しに、束の間、目で議論しただけだった。

「だから、なによ」

恵理子は、平祐に気を遣いながら、ぼそりとした調子で訊き返す。

「恵理子ねえちゃんはいいの」

「なんで、わたしはいいの？」

恵理子は本気で滋に食ってかかっているように、はたには見える。

「だって、恵理子ねえちゃんは女だもの」

滋は声を落として、しかしはっきりと言った。

「そういう言いかたはしないでほしいな。わたしが女なら、どうして関係ないのよ、そこのところはっきり言いなさいよ」

恵理子はドスのきいた声で言った。声に笑いがあるのを気づいて、大人たちはほっとしている。

「ああいう言いかたは、恵理子さんしかできない」

そんな暗黙の了解が、テーブルのうえに漂っている。

「だって、父親参観には、男のひとが来るんだよ」

滋は恵理子に、言い訳をするように言った。

「わかった」

ずっと黙っていた宗太が、明るい声をあげた。

みんなが宗太を見た。あまりに一斉なので、宗太は気恥ずかしげな表情に変えた。

「滋は、誰かに父親参観に来てほしいんだよね」

うん、そう、と宗太を見上げた滋が頷いた。

「わかったよ。男のひとってわけなのか」

恵理子がようやく気づいて言った。

「わたし、行ってあげる」

はじめにそう言ったのは、平祐だった。その平祐に滋は言った。

「平祐さんは、うちで仕事していてよ」

「あら、どうして？　わたし行ってみたいわ」

滋は平祐の隣で困っている。その理由が想像つくだけに、みんなは下を向く。

恭子は、滋が平祐を傷つけるようなことを言わないように、と祈る気持ちで下を向いていた。

「だって、おじいさんて、あんまり来ないんだもの」

ふだんの平祐は、滋の祖父役が嫌いではない。むしろすすんでそう思い決めているようなところがある。

「それに」

「それに、なによ」

平祐はいくらか落胆して、小さな声になっている。

「平祐さんがしゃべると、みんな変に思うかもしれない」

「どうしてさ」

「そういう話しかたに、みんな慣れていないんだよ」

恵理子が恭子をちらりと見た。それから言った。

「自分から誰に行ってほしいか、言ったら？　滋くん。誰？　宗太くん？」

「まさかあ。宗太にいちゃんが来たって、変だよ」

「どうして？　若いおとうさんでかっこいいよ」

恵理子が澄まして訊く。

滋の口がすでに吹き出しそうに尖っている。

「わっかすぎるよ。だって、兄弟参観になっちゃうよ」

みんながどっと笑った。平祐だけが力なく笑った。恭子はそのことを気にする。

「じゃ、誰に行ってほしい？　残るところ鵜沢のおじさんか夏彦さんだけよ」

恵理子が訊いた。

するとすぐに滋が、夏彦さん、と言った。

夏彦が、「ほう」と言って、みんなを見渡した。

「滋、無理を言ったらいけないわよ。父親参観だって、わたしが行くわよ。母親が来ているひとだってたくさんいるんだから」

そうだね、と滋が言ったとき、滋の授業を見せてもらおうかな、と夏彦が言った。

「いいんですよ。滋のわがままなんですから」

そう言いながら、恭子は別のことを考えていた。

どうして滋は、父親らしいひとに来てほしいと思ったのだろう。父親がいると見せたいのだろうか。父親がいないことを、学校でいろいろ言われているのだろうか、と気にかかる。

「いいよ、恭子さん。せっかくのご指名だしね、滋の授業を見せてもらうことにするよ。学校に行くのは何十年ぶりかな」

夏彦が言った。すると、すぐに平祐が抑えきれないといった調子で言った。

「いいわね、夏彦さん。わたしも行きたいわ」

そんな平祐を、滋はただ黙って見つめている。

「ところで、滋」

夏彦は、少しあらたまった口調で話しかけた。

「なあに」

「わたしは、滋のおとうさんにはなれないよ」

「そんなの、あたりまえだよ。だってねー」

滋が恭子に加勢を求めた。

「ぼくのおとうさんはいるんだもんね、栃木に」

恭子は黙って頷き返す。恭子にみんなの視線が集まったときだった。

平祐は小さな声で言った。しかし、その激しい決めつけかたは、充分にみんなに聞こえた。平祐は吐き捨てるようにこう言ったのだ。

「あんなの、おとうさんなもんか」

言ってしまって、平祐自身が慌てたほど、その場の空気を裂くような烈しさが口調にあった。

滋が平祐を見上げた。それから、平祐を諭すように、滋は静かに言った。

「平祐さんは知らないかもしれないけど、ぼくのおとうさんはいるんだよ、栃木に。……おとうさんもおかあさんも、もう好きじゃないいんだけど、……ぼくのおとうさんなんだよ」

滋は驚くほど淡々と平祐に説明した。

言われた平祐のほうが、身の置き場に困っているように見える。

「どうしてぼくに父親参観に行ってほしいと思ったの?」

夏彦が平祐を庇うように、話題を元に戻した。

「だってさ、せっかくのチャンスだもの」

「チャンス?」

みんなが顔を見合わす。なにを滋が言おうとしているのかが、わからない。

「そうだよ。ぼくが学校でなにをしているか、みんなに知ってほしいんだ」

意外な滋の言葉だった。

「だったら、みんなで行けばいいじゃないか」

恵理子がドスをきかせる。

「そうだけどね。父親参観日だもん」

「だから、なんなのさ」

「おとうさんらしいひとが行ったほうがいいでしょ」

「なにがいいのよ」

「だってさ」

なんてわからないんだ、という様子で深いため息をついてから、滋は言う。

「みんな混乱するよ」

恵理子は飲んでいた紅茶を吹き出して、立ち上がった。ごめんなさーい、と飛び散ったあたりをティッシュで拭きだす。拭きながら言う。

「たしかに混乱する。滋くんの言う通りだ！」

滋は、榠櫨荘（かりんそう）の住人全員がずらっと教室のうしろに並んだ様子を想像しているのだろう。こみあげる笑いをこらえるのに、苦労しているようだった。

ようやく恵理子が席についたとき、夏彦が言った。

「ぼくがいちばん無難だから、選ばれたというわけか」

恵理子がまた吹き出しかけて、座りなおす。

「無難って、なに？」

滋がしばらくたって訊いた。

「目立たない、ことかな」

宗太が静かに言う。

「わたしって、目立つかしら？」

平祐が不思議そうな顔で、恵理子に訊いた。

恵理子が顔の前で、右の人さし指を振っている。振っているが、声が出てこない。笑いをこらえているのだ。ようやく指を振るのを止めて、恵理子が言った。

「やっぱり滋くんが言うように、みんなが慣れていないっていうのが、正解よ。黙っていれば、なかなか素敵な紳士だもの」

「黙っていれば？」

「そう」

「素敵な紳士？」

平祐が恵理子を見つめている。

「紳士って言われたら、いや？」

恵理子は追っかけるように訊く。

平祐は恵理子を無視する。無視して恭子に語りかける。

「学校も変なことするじゃない？　父親参観日なんて。父親のいない子どもなんてたくさんいるじゃないの。子どもとは関係のない事情でそうなっているのに、父親だとか母親だとか……。そんなの差別よ」

「そう、それは差別ね」

恵理子が平祐に同意した。しかし平祐はまだ恵理子を無視し続ける。

「学校なんて、いつも門を開けといて、誰もが授業を見られるようにすればいいのよ……。自分の子どもが学校に行ってなくたって、たとえ子どもがいなくったって、子どもの様子を知りたくなったら、自由に授業を見られるようにしてればいいのよ。そうじゃない？」

恭子もそう思う。恵理子も夏彦も宗太も頷いている。

「ねえ、みんなで行っちゃえば？」

恵理子が突然に言う。

「えー？　みんなで学校に来るの？」

滋が慌てている。

「いや？　滋くん」

滋は困ったようだった。順々にテーブルを見回していく。

「男だけで行くのよ」

恵理子はおもしろがっている。

「ぼくは行かないよ」

宗太はぽつりと言った。

「宗太にいちゃん、行かないの？」

「行かないよ」

「どうして？」

「ぼくは学校が嫌いだもの。いまだって、やっとこ行ってるんだ」

宗太の言いかたは真に迫っていた。

「宗太にいちゃんはね、学校にあまりいい思い出をもってないんだよ」

「ふーん、そうなんだ。あんなに勉強してるのに、学校、嫌いなの？」

「そうだよ」

恵理子がお皿を重ねはじめた。気づいて恭子も立ち上がる。

「いいのよ、恭子さん。わたし、もう出かけないと遅刻しちゃうから」

恭子はしかしお皿を集めて流しに持っていった。その恭子に恵理子は話しかける。

「そういえば、わたしもすぐに思い出せるようないいこと、学校にはなかったような気がする」

聞こえたのか、平祐が言った。

「わたしも大っ嫌いだったわ。いじめられたもの」

「平祐さん、いじめられたの？」

滋が訊いた。

「いじめられたわよ。軍事教練の先生なんか、わたしのこと目の敵(かたき)にしていたわ。ひどいもんよ」

「それなのに、さっき授業参観に行きたいって言ってたよ」

振り向いた滋の頭を、平祐はまた指で押さえた。

「滋の授業参観には行ってみたいのよ、わたし」

「そんなに来たい？」

「うん」

それは妙な光景だった。

「じゃ、いいよ。授業参観に来ても。おいでよ」

「ほんと、嬉しい！」

平祐は滋の手をとった。

「夏彦と一緒に行くわ」

滋は、いいよ、と言った。子どもが大人に許可を与えている。なんとも奇妙な光景になった。

6

朝永宗太は、御茶ノ水の駅への坂を登っていて、肩をたたかれた。

夏彦だった。

ワインレッドのアスコットタイが、グレーのセーターの襟から僅(わず)かにのぞいている。いつもながら、おしゃれな夏彦だった。

「速いね。宗太くんを見つけて追いつこうにも、あまり足が速いので、途中で追うのをやめようと思ったくらいだ」

「すみません」

宗太は、荒い息を吐く夏彦に詫(わ)びた。

「あやまることはないよ。宗太くんは、わたしが追いかけているのを知らないんだから」

宗太はまた、「すみません」と言い、夏彦に、「ほらまた」と言われた。

癖になってしまっていると思いながら、宗太も笑う。この癖は、対立する母と祖父母の顔色ばかりうかがっていた頃についたものだ。

「夏彦さんはどうして？」

「詩の集まりがあったんだ、この近くの喫茶店で。この街もだいぶ様変わりしてしまったけど。それより宗太くんこそ、どうして神田なんかにいるんだい？」

宗太の大学は八王子にあるから、夏彦が奇妙に思ったのは無理がない。

「……これから父に会うんです」

宗太は、夏彦と父親の宗之が大学時代から仲がよかったことを知っている。榠樝荘（かりんそう）の住人になれたのも、父の口利きがあってのことだった。

「朝永くんと」

「ええ、二か月も家に顔を出していないので、呼び出されました」

「どこで会うの？」

「そこのホテルのロビーで」

宗太は次の信号を左に入った坂のうえにあるホテルの名を言った。そして、夏彦は一緒に来るだろうかと、心配しながら訊いてみた。父がひとりではないからだった。

「わたしは先月一緒にお酒を飲んだよ。だから、きょうはやめておこう。それに平祐さんと新宿で約束しているんだよ。展示会に行くんでね」

平祐の作品の展示会が開かれていた。

「夏彦さんのほうが、ぼくより父と会う回数が多いみたいですね」

ほっとするものを感じながら、宗太は言った。

「そうかもしれない。朝永も、息子の様子をきみから聞くのは妙なもんだ、そう言っていつも笑っているよ」

宗太はまた、すみませんと言い、苦笑した。

「じゃ、朝永くんによろしく言って」

夏彦は信号のところで、軽く右手を上げて言った。

「わかりました。……夕方には帰ります」

慌てて宗太はあとの言葉をつけ加えた。夏彦が振り返って、もう一度右手を上げる。

宗太はしばらく夏彦の後ろ姿を見送った。このまま、夏彦と展示会に行ってしまおうか。そんな気持ちがわいてくる。気が重かった。しかし思い直す。どうせ、いつかは会わなければならないのだ。

宗太はゆっくりと坂を登り、ホテルのロビーに入って行った。

父親の姿は見えなかった。かわりにすぐ近くのソファに座っていた女が笑いかけて立ち上がり、宗太のところにやってきた。

「朝永宗太さん?」

よく通るきれいなアルトだった。宗太が考えていたより、ずっと若い女だった。淡いブルーのニットスーツに、黒のバックスキンのブーツをはいている。手にした黒のブレザーコートもブーツと同じ素材だった。

宗太は落ち着かない気持ちをもて余した。

「このホテルはロビーがふたつあるんですよ。あのひとったら、そのことを言いそびれたので、ふたりで手分けしたんです」

宗太は、父を「あのひと」と呼ぶ女の目をはじかれる思いでやっと見詰めながら、頷いた。

不意に宗太は女に腕をとられた。それがあまり自然にされたので、まごつく気持ちを抑えて、されるままにロビーを出た。

道路ひとつ隔てた向かいに、もうひとつ同じような建物があって、女は真っすぐにそっちに向かった。

ロビーに入るとすぐに父親が手を上げた。

「ほら、わかったでしょう？　わたし、入ってきてすぐに宗太さんだって思ったわ」

女の口調に勝ち誇ったような響きがあったが、嫌味には聞こえなかった。父親の宗之は頷いて、宗太に短く紹介した。

「節子(せつこ)さんだ」

女は自分からも、節子ですと名のった。仕方なく宗太も自分の名前を言った。

「このひとったらね、わたしが、宗太さんをわかるわけないって言うんです。でもすぐにわかったわ」

「だって、はじめて会うんだから、そう思うさ」

宗太は、父の話しかたがいつもと違うような気がした。

「だから、こっちでふたりで待っていて、それからあっちへ行けばいいって……」

初対面の宗太に言いつけるような、打ち解けた口調だった。宗太はしかし、節子の屈託のない明るさに気詰まりな思いを抱く。

「ここにいてもしょうがない。なにか食おうじゃないか」

父も同じ気持ちなのだろう。宗太は察した。

「なにがいい？」

父親は節子に訊いた。

「わたしはなんでもいいわ。宗太さん、なにが食べたい？」

「……なんでもいいです」

宗太は父を見て答えた。

「じゃあ、天ぷらにするか。わたしは、ここのホテルではいつも天ぷらか中華だ。いいか？　それで」

宗太は、なにを食べても同じだろうという気がする。とても味わう気分ではない。

歩きながら宗太は、少し前に夏彦と会ったことを父親に告げた。

「そうか。連れてきてくれればよかったのに。どっちみち、そのうち紹介しなければならないんだから」

宗太は夏彦に予定があったことを伝える。

「夏彦さん？　夏彦さんって城田夏彦さんのこと？」

節子がふたりの会話に割りこんだ。

「そう、あ、宗太」

「え？」

「この節子は詩をやっているんだ。もっともフランスの詩を朗読するほうで、自分で書いたりはしないんだが」

宗之はフランス文学を大学で教えていたが、そのほか、いろいろな愛好家のサークルで顧問のようなこともしている。そのひとつにフランスの詩を読む会があって、そこで節子と出会ったと父は伝えたいのだろう。

カウンターしか空いていないと言われて、少しだけ待たされた。

「カウンターだとお話がしづらいから、少し待ちましょうよ」

節子がそう言ったのだ。

母親とはまるでタイプの違うひとだ。宗太は思った。同じなのは身長ぐらいだろうか、そう考えたとき、三人はテーブル席に案内された。


母親の里江（さとえ）が、中学生の宗太の腕を引っ張って商店街の人混みを抜けていく。

きっと厳しい顔をして歩いているに違いない。きっと涙を拭（ぬぐ）わずに歩いているのだ。前から来るひとが驚いたように道をあける。

「わたしが出ていけば、いいんでしょ」

母の里江の叫びと、ドアが立てた音が、宗太の耳に残って鳴っている。

「わたしがいなければ、いいんだわ」

里江が何度目かの言葉をまた言った。

立ち止まって、振り返るひとがいる。

宗太は恥ずかしかった。商店街がもっと暗ければいいのに。そう思わずにいられなかった。

母の憤りに同調できずにいた。クラスメートやクラブの友人に会わなければいい、と祈るような気持ちがある。母のことを考えずに、自分のことばかり考えていることに、はじめは嫌悪があった。しかしいまは、それにも慣れてきた。

前方に踏み切りの鳴る音があった。赤い信号が点滅している。

踏み切りの鳴る音を聞き、信号の点滅を見て、一層、里江の足が早まったように思える。

宗太は徐々に、自分のからだを重くしていく。里江の歩調がいくらか落ちた。

中学生の宗太のほうが、もうはるかに母より力が強くなっている。しかし宗太は、はじめから里江を止めるようなことはしなかった。

恥ずかしいけれど、駅への商店街を母に引かれて、ついて行くしかないように思った。そうしなければとても母の心を鎮めることはできない。そう思って、宗太は母の引くままに家を飛び出してきた。

中学生の自分では、母の頼りにならないことを知っている。そのことが不甲斐ないと思わせる。

「宗太、いらっしゃい」

里江はそう叫んで、祖父母との会話を断ち切って家を走り出てきたのだった。それはもう宗太がものごころついたときから続いてきた諍（いさか）いだった。

結局は家に戻るしかない里江の結末に、宗太は腕を引かれてつき合ってきた。

母の里江が婚家をひとりで飛び出すことができないことを、宗太はいつか知るようになった。

「この子がいなければ、わたしは戻ってなんてきませんでした」

何度となく聞かされた里江の言葉に、宗太は子どもながらに知ってしまった。

母にはなにもないのだ……。

宗太の腕を引いていなければ、母には戻るところがないのだ。行くところがないのだ。

母が自分だけの意地を張り通せば、ひとりでは婚家に戻れなくなるし、ひとりでは実家にも行けなくなる。

「この子さえいなければ、わたしは……」

里江は二言目にはそう言った。そう言って悲劇の母になった。子のために自分の人生を捨てる母に、世間は同情した。だから宗太は、母をひとりで出してはいけない、と幼いときからわかってしまった。

祖父母といつもの諍いをはじめると、宗太は母のそばに黙って立った。ひとりで母を行かせれば、その日が母を失う日だ、と幼くても宗太は思うようになった。

私鉄の駅までやってくると、里江の足は弱まった。それは、宗太の力によるものでもあり、駅の持つ力のようでもあった。

時に里江は、実家までの切符を買った。実家まで行って、自分の居る場所がないのを確かめて、里江は宗太を理由にして婚家に戻るのだった。

ごくたまにだが、里江の実家に父の宗之が迎えに来たこともある。あるいはまた、私鉄のホームの椅子に何時間も座り続けて、母は婚家に戻った。そのとき母は、宗太だけを理由として、自分の意地が負けたのではないことを示した。

祖父母は、宗太にも外のひとにも優しかった。母の里江にしてもそうだった。限りなく外のひとに優しくなれる祖父母と里江はしかし、互いに憎み合った。それは、血縁に落ち着くための相克であったのかもしれない。

他人であったら、なんの支障もないことが、血縁になるためには幾多の呻きをあげなければならなかったのかもしれない。ちょうど移植された臓器を拒絶しようとする免疫反応のように、ひとつの血縁のために祖父母と母は拒絶し合った。

どちらにとっても、宗太はすでに同化した血だった。だから、祖父母も母も宗太に優しく、宗太を通じてのみ一族と認め合うのだった。

宗太から見て不思議なのは、父の宗之だった。祖父母と母とが諍いをはじめると、ふっと消えていた。それは見事というしかない消えかただった。

宗太はどちらに加担もできなければ、幼くて消えることもできなかった。しかし父の宗之は、いつの間にか居なくなっていた。

宗太が高校を卒業した年だった。

「家を出るわ」

里江が宗太ひとりを呼んでそう告げた。宗太はそのとき、いくらかいやな気持ちを味わった。

「きょうまで、わたしは我慢したわ」

そんなふうに里江の言葉が聞こえたのだった。

「あなたが高校を卒業するまで、わたしは待ったの」

そう言っているように聞こえた。宗太には負担の言葉だった。子どもにどうにかできることではなかった。それにもかかわらず、母の里江を犠牲にしてきたという負い目を、宗太に背負わせる言葉だった。

「ふたりだけで暮らそう」

里江は言った。宗太は返事ができなかった。それは、夫である宗之に言うべき言葉ではないかと思った。しかし宗太は、母にそう言わなかった。

母はまた宗之に、ふたりで暮らそうとは言わなかった。かわりに、離婚届に判を捺すように言ったのだった。

父はごくあっさりと判を捺した。からだが不自由になった祖父母と宗太の目の前だった。

「わたしたちのからだが動かなくなってから、そういう仕打ちをするんですか」

祖父母のどちらが言ったのか、思い出せない。憎しみのこもった声だったことを宗太は覚えている。

宗之が宗太を榠樝荘（かりんそう）に連れていったのは、その頃だった。母の里江が精神科に入院したのも、またその頃だった。

暑い夏の盛りだった。

「宗太、病院に遊びにきて。病室の白い壁の染みを、すっかり覚えました。朝永里江」

達筆だった母の文字からは想像できないような、震えのあるかじかんだ筆跡の葉書を受け取った。すぐに病室に見舞ったとき、里江は眠っていた。

声をかけても目を覚まさなかった。揺すっても目を開けなかった。そういう治療をしているのだと付き添いの女性が教えてくれた。

宗太は、母のベッドの脇の丸椅子に座って、白壁の染みを何度もなぞったあと、母が起きる前に帰ってきてしまった。

「離婚をしたのなら、旧姓に戻るべきじゃないの」

「宗太が朝永である以上、わたしは朝永を名のります」

祖母が言った言葉と母が返した言葉が、時々、宗太のなかで聞こえることがある。

「このひとに結婚しようと言ったら、宗太さんに相談しようって」

箸をすすめながら、誰の顔も見ずに節子が言った。

宗太は、父の宗之を見た。宗太に相談しようと、父が言ったとはとても考えられないことだった。宗之も箸を止めて宗太を見ていた。

「……ぼくは、そんなことに答える権利はありません」

宗太は、宗之の目を見て小さな声で言った。

「権利なんかなくてもいいのよ」

節子は相変わらず誰にも目を向けようとしなかった。

「宗太さんの気持ちを聞きたいだけなの。……わたしと宗之さんが結婚したら、どう思う？」

節子の長い睫毛が小さく震えている。

「べつに」

宗太は思ったままを言った。どうという感情もなかった。

「おとうさんの気持ちもね、べつに、なのよ」

節子の声が苦笑気味だった。その声を聞いて、宗太はなぜか急に恭子のことを思った。

恭子は節子といくらも歳の差はないだろう。

宗太は、榠樝荘の恭子の穏やかな明快さが気に入っている。それは、母の里江にはないものだった。

何度も宗太の腕を引いて家を飛び出しながら、結局は戻ってしまう母だった。そこには里江らしい計算があったかもしれないが、それがそのまま弱さになっていた。

しかし母よりずっと寡黙な恭子は、幼い滋を抱いて、気負うことなく離婚を果たしていた。

そんなことを考えながら、宗太は節子を見直した。恭子と里江の中間に位置するひとなのだろうか、と勝手に考えて、その思いを飲みこんだ。

7

高山恵理子が、薄力粉と強力粉を合わせて、大理石の台のうえに直接ふるっているときだった。

「あなたって、見かけによらず細かいことが好きなのよね」

平祐が恵理子の隣に立って言う。

「……すみませんね、見かけによらなくて！」

百七十八センチある恵理子が、平祐を見下ろすかたちで謝ってみせた。

木槿（むくげ）の部屋にももちろん台所はあるのだが、恵理子は一階にある台所のほうが好きだった。特にケーキを作るときには、オーブンやいろいろな道具を使うこともあって、ひろびろとした一階の台所に下りてきて使うことがあった。木槿（むくげ）の部屋にあるのは小型のオーブントースターで、凝った料理を作ったり菓子を焼いたりするのに不向きだった。

恵理子は盛り上がった粉の中央をくぼませ、このくぼみにバターを入れる。そのバターを手で握りつぶすようにして柔らかくしたうえで、グラニュー糖と塩を加え、指さきでよく混ぜ合わせていく。

「夏彦さん、きょうはどこかにお出かけですか？」

「夕方には戻るわ。ちょっと出版社に出かけたの」

「そうすると、平祐さんとふたりきりなんだ」

「そうよ」

「なんだか、珍しい。静か過ぎて落ち着かないな」

恵理子の手は止まることがない。

粉のくぼみに溶いた卵をあけて、粉を内側から少しずつ混ぜていく。

「冬ってやあね」

平祐が突然に言ったので、恵理子は手を止めた。平祐の目はまだ庭にある。

「そうですか？　わたし、冬って好きなんだけどな」

恵理子は正直に自分の気持ちを言った。夏や冬のようにはっきりとした季節が子どもの頃から好きだった。

「あら、そうなの」

同意を得られなかった平祐は、いくらか不満そうだった。ふたたび手を動かして、恵理子は続ける。

「空気が冷たいのって、気持ちが引き締まって好きなんです」

「わたしはきらいよ。わたし、寂しいのって、だめなの。……桐の葉はばさばさ音をたてて落ちるし」

恵理子は少し水を加えてパイの生地らしくなったかたまりを、ていねいに掌で押しつけるようにして練っていく。何度も何度も折り重ねて練っていく。

「丸裸の木も、なんとなく好きだなあ」

だいぶ時間をおいて、恵理子は言った。平祐は呆れた顔で、恵理子に流し目を送ってきた。

それに気づいて、恵理子は生地を練っていた手を止めた。

「榠樝荘の庭って、落葉樹が多いでしょう?」

「そうね」

「季節がはっきりわかって、いいと思うんだけどな」

「……恵理子さんは若いからよ」

「若い?」

「そう。だから、そんなことを言ってられるんだわ」

恵理子はやっと平祐の気持ちを悟った。

「わたしって無神経かな?」

とりつくろうように恵理子は訊く。

「そうよ。恵理子さんにはいくらか無神経なところがあるわ。ま、自分で、わたしは無神経かしらって反省するところなど、まだ救いはあるけど」

平祐の皮肉な言いかたに舌を出しながら、恵理子は濡れ布巾(ぶきん)で生地を包んだ。そして冷蔵庫に入れて、時計を見た。三十分以上は寝かせなければならないからだった。

「平祐さん」

「なによ」

「お茶、いれようか?」

平祐はいくらか気持ちを和らげたようだ。そして、お茶にしましょと言い、大テーブルに向かう。

庭一面に晩秋の陽が明るく当たっている。そのせいで、部屋のなかが全体に暗かった。

恵理子は、煎茶(せんちゃ)を選んだ。お茶をいれながら、どことなく寂しそうな平祐が気になった。

「やっぱり平祐さんって、夏彦さんがいないとまるで精彩がない」

恵理子の言葉に平祐は、なによ、と向きになる。

「あたりまえじゃないの。でもね、他人にたいして精彩がないなんて、ずいぶん大胆なことを平気で言えちゃうのね、恵理子さんって」

指摘されて、恵理子はいけない、と思った。無神経なことをまた言ってしまった、という反省がある。

平祐がぽつりと言った。

「わたしのような歳になると、嫌いな言葉がいっぱいできるのよ」

恵理子はそうなのだと知る。

「あなたたちのように元気の盛りだと、気にならないでしょうけど。……いちいち気に触るのよ」

「ごめんなさい」

「いいのよ、謝ったりしなくたって。三十歳ぐらいで、わかれっていうほうが無理なんだから」

平祐はお茶をすすりながら、庭に目を転じていた。

「夏彦はどうなのかしら」

自分で問いながら、答えを探す平祐だった。

「……………」

「わたし、この庭を見るの、ちょっと辛(つら)いときがあるんだけど。……夏彦はどうなのかしら」

平祐は再び自問を試みている。

「夏彦さん。きょうが誕生日ですよね」

恵理子は話題をかえた。

平祐が頷いてみせて、よく覚えていたわね、と一瞬嬉しそうな顔になる。が、すぐに浮かない顔になって続けた。

「……夏彦もまたひとつ歳をとる。だから、寂しいのよ。どんどん歳とっていくじゃないの」

恵理子は、変だよ、と言ってから続ける。

「きょうの平祐さん、ぜったい変です。……わたしから見ると、平祐さんも夏彦さんもとても素敵に歳をとっているように見えるんだけどな」

「素敵に歳をとる？」

「そうですよ。平祐さんや夏彦さんみたいに歳をとれたらいいのにって、わたしいつも思っているのに。……その平祐さんたちが、そんな寂しいことを言ってたら、わたしなんか、歳とるのいやになっちゃうな」

恵理子は元気に言った。そんな恵理子に平祐の視線は動かなかった。

「それでもやっぱり、歳をとるのはいやなものよ。買いものに行って、おじいちゃん、なんて言われることがあって、こんちきしょうって思っちゃう」

「……………」

逆光のせいか、平祐の表情がはっきりしない。恵理子は、はじめて平祐の心のうちを聞いたように思った。しかし平祐の気持ちがわかるような気がして、恵理子は黙っていた。

静かに時間が流れている榠櫨荘（かりんそう）が、好きな恵理子だった。

ここには、外とは別の時間が流れているように思えていた。夏彦にしても平祐にしても、泰然としているところが好きだった。榠櫨荘の住人はみんな、そんなふたりに惹かれているのだと思っている。

しかし、たったいま平祐の心のうちを聞いて、恵理子の胸のなかでなにかがことりと音を立てた。

実家の父と母を考える。

それは愕然とするほど仲の悪い関係だった。むしろ憎しみ合って暮らしていた。恵理子は、父と母が連れ立って出かけたのを知らなかった。

恵理子はそれぞれにそう言ったことがある。しかし父からも母からも返ってきたことは、「離婚をして相手を幸せにしたくない」というすさまじい言葉だった。

「離婚すれば」

父は、母が父ではない男を好きだと思い込んでいる。そのことが事実かどうか、恵理子にはわからなかった。

しかし、離婚をしたら相手を幸せにしてしまうという発想は歪みすぎている、と恵理子は思うのだ。

恵理子の実家には、憎しみが暮らし合っていた。憎しみだけを共有し合って、歳をとっていく父と母がいた。

榠櫨荘に越してきて、恵理子は次元の異なる世界に放りこまれたと思った。そこは、血縁を超えて慈しみ合う世界だった。


サチ。

顎をそらし気味にして、口を大きく開けた屈託のない笑顔が、恵理子の記憶の底からゆっくりと浮かび上がってきた。

サチ。一年下の仏文の学生だった。だぶだぶの男もののセーターを着て、バスケットシューズでキャンパスを走り回っていた。

「ペローン」

そう言って、サチは時々セーターの裾を両手で摑んで、首のあたりまで上げてみせた。たいらな胸にコットンのブラジャーが眼帯みたいにはりついていた。

なぜ、あんなことをしたのだろう。

サチは時々、とんでもないときにとんでもないことをして、恵理子たちを驚かせたり面白がらせたりした。

おかしくて、奇妙に一途で、そうして滑稽な痛々しさのある少女だった。恵理子はサチのおかしさとだけつき合ってきた。

「わたし、あなたが好きよ」

苺(いちご)が好きとでも言うように、サチが恵理子に言った。五月のキャンパスだった。

「とても好きな男の子をとても好きだと思うのと、ほとんど同じボルテージで、わたし、あなたが好きよ」

風に吹かれて飛んできた桜の蘂(しべ)を指さきに摘(つま)んで回しながら、サチは率直だった。芝生の上に投げ出したサチのバスケットシューズの片方の紐(ひも)がほどけかけていた。

「キスしたこと、ある?」

唐突にサチは訊いた。

恵理子は黙っていた。それをサチは、キスしたことがあると勝手に解釈して、次の質問に入った。

「そのさきは?」

サチはなおも訊いた。

「そのさきって?」

「キスのさきはセックス」

それからサチは、自分のはじめてのセックスについて話した。

うぶげが金色に光る腕で、サチは鼻の下をこすった。そうして、顔をくしゃくしゃにして笑った。

「高校のとき、すごく好きな男の子がいたの。背が高くて痩せていて、いつもいまシャワーを浴びてきましたって感じの男の子だった。セロリみたいな子。成績もよかったわ」

「感じは、わかるわ」

「その子、気取ってるって言われてたわ。……目立たないようにしようとすればするほど、目立ってしまう子の不幸ってあるのよね。で、ひょんなことから、その子と寝ようってことになったの」

サチはバスケットシューズの爪さきで芝生を蹴った。

「同じクラスの男の子がバイクの事故で死んだの。おとうさんのいない子だった。おかあさんとおばあちゃんと暮らしてた。……団地に住んでいて、集会所でお通夜があったのね。おばあちゃんが可哀相だった。……アタシが死ねばよかったって、泣くの。ぐじゃぐじゃになって、涙で溶けちゃいそうになって、泣くのよ。皺だらけの、おばあちゃんが。泣きながら、わたしたちにお寿司とか煮物とかをすすめるの。……やりきれなかった。お寿司の桶や、鮪や烏賊や貝のにぎりの上にポタポタ涙を落としながら、若いうちはいっぱい食べなきゃって、わたしたちにすすめるの」

サチは、なかなかセックスの話に移ろうとはしなかった。関係のない男の子の話をして逃げているようだった。

「お通夜の帰りだった。気がつくと、わたし、あの子とふたりだけになっていた。……たまんないね、つらいねって、そんなことばかり繰り返していた。そんな言葉しか思いつかなかったし、ほかのどんな言葉より、そんな言葉が心にぴったりしていた。

……ひとりになるのが、こわかったんだと思う。うちに来ないかって、その子が誘ったの。彼、ひとりっ子でね、両親は旅行に出かけていて、十一月の連休だったんだ。うちの両親も、親戚の結婚式で田舎に帰ってた。その子とふたりで、一方にお通夜があって、もう一方に結婚式があって、旅行している夫婦がいて、……たぶん、こんなもんなんだよねって、紅茶飲みながら、ぽつんぽつんと話してた。ふたりとも、人生ってこんなもんなんだよねって、たぶん言いたかったんだと思う」

サチはバスケットシューズの踵（かかと）で、芝生を軽くたたいた。

「こんなに都合よく、まわりから大人がぜんぶ消えてくれる日なんて、めったにないね。そんな話をしているうちに、しようか、って。どちらからともなく言い出して、とっても自然に、泣きたいほど自然に、ふたりで裸になっていたの」

小さく笑って、それから深く息を吸いこんでサチは話し続けた。

「そうして、ふたりで頑張って、いろいろ頑張ったけど、うまくいかなかった」

頑張って、というサチの言いかたを恵理子は可愛いと思った。

「それで疲れちゃって、十一月なのに、暖房もつけてないのに汗いっぱいかいちゃって、ほんとに疲れたんだから。そして、今度にしようかって、わたし、言ったの。あの子もそうしようかって。そういう子なのね。強引にすればできることでも、相手のなかに少しでも戸惑いや躊躇や迷いが見えると、すっと自分のなかに自分をしまっちゃう。……そんな子なのよ」

自分のなかに自分をしまう。サチもそうではないかと、恵理子は考えながら聞いていた。

「悲しくなるくらい、相手のことを考える子なの」

サチが二年に、恵理子が三年になった初夏だった。

「会って。いますぐ会いたい。行っていい？」

サチからの突然の電話だった。

だめだともいいとも、恵理子は言わなかった。しかし恵理子の声音に、サチはなにかを感じたのだろう。

ひどい生活をしている。めちゃくちゃだ。サチについての噂は聞いていた。誰とでも寝ている。そんな噂もあった。それが、最後に聞いたサチの声になった。

妊娠していた。誰の子どもかわからない。サチは男たちの共有だった。そんな噂も流れた。

数日後、サチから鉛筆で書かれた手紙を受け取った。片仮名の目立つ手紙だった。

「こんな手紙、受け取って恵理子さんはイヤだと思う。書いているワタシもイヤなんだから。自分で書いておいて勝手だけど、書きたくなかった。でも、なぜかしら、恵理子さんにだけは、ちゃんと説明しておきたい。そんな気持ちがあるのです。

自分で自分を持ちきれない。持ちきれるかと思ったけど、消えたいと思ったけど、そうできたらいいと思ってもいたけど、やっぱり持ちきれなかった。だから、こうして手紙なんか書いているのです。イヤだったら、途中で破ってください。でも、できたら最後まで読んでください。やっぱり、ワタシって弱いんだなって思います。

ヤラレちゃったの。ゴーカンってやつ。その子、高校のときの、セロリみたいなあの子にどこか似たところのある男の子だったから、安心していたのです。イヤだって言えば、あの子のようにやめてくれる。男の子って、そういうものだと思っていた。だってワタシ、男の子といえば、あの子しか知らなかった。

十代にとてもイイ子に会えたことが、ワタシの不幸だとは思わないけれど。

闘争はとても輝いて見えた。眩しかった。とても、とても。デモをやってる彼らは格好よかった。なのに……。

こんなはずはない。こんな男ばかりではない。これは悪い夢、そう思おうとした。

だから、ワタシはワタシのイヤを聞いてくれる男を探そうとした。そうじゃないと、二度と立ち上がれそうになかったから。そうじゃないと、あの子に申し訳ない気がしたから。あの子はワタシをあんなに大事にしてくれたんだから。

セックスなんて、ちっとも素敵じゃなかった。彼らは、そのあいだじゅう、ワタシがなにを考えているか考えようともしなかった。あんなの、自分ひとりでしているのとどこが違うんだろう。あの子となら、ワタシは素敵な気持ちになれたかもしれない。いまはむしろ、あの子としなかったことが救いみたいに思えます。……しなかったから、あの子とだったら素敵だったかもしれない……。そんなふうに想像できるのだから。

キャンパスの芝生の上で恵理子さんと話したあのときのような、やさしいセックスをしたかったな。ちょっと涙が出てきました」

茨城の海岸で睡眠薬を飲んだサチのジーンズのポケットには、半分だけ齧ったチーズクラッカーが砕けずにあったという。

歳をとらずに逝ったサチのことが、消えずに生き続けて、どうかすると恵理子に語りかけてくる。

夏彦の誕生日だから寂しい、という平祐が一方にいた。

8

「まだ杜鵑草が咲いているんですね」

鵜沢哲郎が夏彦の座りこんでいた脇に立った。

晩秋の淡い陽に、哲郎の影が杜鵑草の笹によく似た葉まで伸びた。

「これは意外だわ。鵜沢さんが植物にくわしいなんて」

少し離れたところにいた平祐が聞きつけて、そう言った。

「どうも、平祐さんには評価が低いですね。ぼくは」

哲郎は思ったままを口にした。それから説明するように言った。

「いまでこそだめになりましたが、昔は山によく登っていたんですよ。もっとも低い山ばかりですが……。この時期まで咲いていることはごく稀ですが、たいていの秋の山では見ることができるものですから」

夏彦が哲郎の影の中で顔をあげた。

「山が好きだったとは、知らなかった」

「みんな、そう言いますよ。いまだったら、山を下りるより、転がり落ちたほうが早い。そう言うやつもいます」

哲郎は、あえて腹を突き出してみせてから続ける。

「時鳥（ほととぎす）の胸の毛の紋に似ているというので、この名がついたんですよね」

葉のつけ根に漏斗（じょうご）に似た鐘型（かねがた）の花をつけている。花の内側には紫色の斑点があり、もとのところには黄色い斑がある。

この杜鵑草は、かつて榠櫨荘（かりんそう）を追われた俳人がどこからか持ってきたものだと、哲郎は聞いていた。しかし、そのことは口にしなかった。

「植物のほうの杜鵑草は秋の、鳥のほうは夏の季語だというんですね」

かわりに哲郎がそう言うと、夏彦はまた何度か頷いた。

「英語名を知ってますか、鵜沢さん」

「いえ」

「toad lily　ひきがえるの百合ですね。……日本人には時鳥に見えて、英語ではひきがえるに見えると言うんだから」

哲郎は、持っていた茶封筒をたたいて言った。

「そうそう、それで思い出した」

ホトトギス

「……」

「山でその話をしてくれたひとがいました。ぼくは、それで童話を書こうと思ったくらいです」

「へえ、鵜沢さんと童話、不思議なとり合わせ」

不躾な平祐の言葉を、哲郎は軽く笑って聞き流した。

「なに、簡単な話ですよ。……ふだんは、ひきがえるを食べている時鳥が、あるとき、えも言われぬ美しいひきがえるの青年に出会うんです」

「えも言われぬ、美しいひきがえるの青年ねえ」

平祐が驚いたジェスチャーをした。

「ところが、ひきがえるのほうは、とても時鳥が恐くて、どんなに愛してくれても、時鳥を愛せるようにならない」

「そうでしょうねえ」

平祐が素直な感想を言うので、哲郎はいくらか照れた。

「美しいひきがえるの青年が時鳥に言うんです。あなたが違う形に変わったら、わたしは、あなたの愛にむくいるでしょうって」

「愛にむくいる！」

平祐が茶々を入れた。夏彦が平祐を手で制して言った。

「それで、秋に時鳥は杜鵑草に姿を変えたってわけですか」

「子どもだましと思うでしょうが」

哲郎は、夏彦と並んで腰を落とした。それでまた陽が当たり、杜鵑草は小さな斑点をはっきりと見せた。

夏彦が、それでですね？　と訊いた。

「なにがですか？」

夏彦が哲郎の顔を見つめて、言った。

「時鳥が鶯の巣に、卵を産むんですよ」

哲郎の顔が明るくなって、夏彦に笑い返した。

「時鳥はたしか、鶯の巣に托卵をするんでしたね」

「そうです」

「つまり夏彦さんは、ぼくの拙い童話に後日談をお書きになりたい」

「後日談というより、どうして托卵をしなければならないか、ですよ」

「美しいひきがえるの青年のために、秋には花にならなければならないので、時鳥は卵を孵している暇がない。そこで鶯に托卵をする。……こうですね？」

哲郎の解説で、夏彦も笑った。平祐が笑いながら言った。

「かわいそうなのは鶯ね。時鳥が美しいひきがえるの青年に恋をしたばかりに、自分は時鳥の卵を抱かなきゃならないんだから」

哲郎が笑い、夏彦が笑った。

「しかし、やっぱり意外よ」

平祐が笑い終えて言う。

「ひきがえるのようなぼくが、童話を書こうとしたからですか?」

そう言いたい顔をしてますよと言い、哲郎は平祐を突いた。

「なにもそこまで言ってないわ。わたしは、鵜沢さんが花の名前を知っていただけでも意外なのよ」

ひどいなあ、と哲郎はもう一度平祐を突く。

「鵜沢さん。この平祐さんときたら、木の名前はほとんど知っているというのに、どんなに教えても草花の名は、すぐに忘れてしまうんですよ。だから、鵜沢さんに嫉妬しているだけですよ」

夏彦がとりなした。

哲郎は、楓の部屋のドアを開けながら、いつになく気持ちが弾んでいるのに気がついた。童話をつくろうとしたずっと昔、山歩きをしていた時代を思い出したからだろう。

山歩きをするようになったのは、父の鵜沢厚太郎が、夏彦の母、月子と恋をしていた過去を母から聞かされてからだった。

……父は別に家を借りていて、滅多に帰ってこなかった。

母は父に向けられない愛情を、異常なほどに哲郎に向けていちいち干渉をしてきた。それがいやで、哲郎は山に登る友だちを見つけて、ほとんど山から下りてこなかった。

哲郎は缶ビールを冷蔵庫から取り出すと、プルトップをひいて、そのまま口に運んだ。

冷たいビールが喉にしみて落ちていく。哲郎は奥歯を嚙んで、ビールの冷たさと苦味を味わう。好きな瞬間だった。

それから外出着をドレッサーの中に放り込んで、Tシャツとジーンズにはきかえた。夏でも冬でも、部屋にいるときはいつも同じスタイルである。

そしてまたビールを流し込む。

CDを選んでセットする。部屋いっぱいにパブロ・カザルスのチェロが響きだす。ホワイトハウスのケネディ大統領の前で演奏したものだった。メンデルスゾーンのピアノ三重奏曲第一番ニ短調作品四十九は、カザルスの気品のあるチェロでスタートしていく。

哲郎は、また缶を傾けた。そして窓に歩み寄った。

夏彦と平祐が庭で何事か話している。事情を知らない人々にとっては、初老の男たちのただの語らいでしかないだろう。しかし、ふたりの長い交際を知る住人は、ふたりの愛情に尊敬の気持ちを抱いていた。哲郎もその例外ではなかった。

仲のよい夏彦と平祐を見下ろして、哲郎はビールをまた口に運ぶ。

夏彦の庭は秋の終わりを教えている。落葉樹はほとんどが裸木になって、晩秋の陽に長い影を落としていた。

カザルスのチェロ、ミエチスラフ・ホルショフスキーのピアノ、そしてアレクサンダー・シュナイダーのヴァイオイリンは、夏彦の庭を一層美しいものにしていく。

フランコ独裁政権を承認する国では絶対に演奏をしないというカザルスが、特にケネディ大統領へ信頼を寄せて、二十三年ぶりに禁を破ったものである。

演奏は第二曲目のフランソワ・クープラン作曲の演奏会用小品に移っている。

夏彦が下草のなかから桐(きり)の葉を拾い上げ、平祐に渡している。平祐がなにかを言い、夏彦が笑った。

哲郎は再び冷蔵庫から缶ビールをとり出した。それからゆっくりと椅子にかける。椅子にかけてもなお、夏彦の庭はよく見渡せる。

平祐が哲郎に気づき、手を上げた。それを見て、夏彦が振り返る。哲郎が缶を上げると、夏彦が小さく手を振ってみせた。

「夏彦さんは、あの葬式の日を覚えているだろうか」

哲郎は声の届かない夏彦に向かって、訊いていた。

父の厚太郎が死んだとき、月子は多香子と夏彦を伴って、線香をあげにきた。そのとき哲郎は十代の半ばだった。

誰かが、……厚太郎さんの、と言い、そのひとことで親戚のみんなが了解したときだった。

哲郎の母が、喪服のからだを哲郎に傾けて、

「おとうさんの好きだったひと……」

そう言った。

哲郎は、母の声が近くに座るみんなに聞こえたのではないかと耳のつけ根まで真っ赤になった。

それにしても、と哲郎は再び庭に目をやる。月子の、あの年齢不詳ともいえる美しさはなにからきていたのだろう。

十代の哲郎は、母親に言われる前から、弔問客の列に月子を見つけていた。月子には、黒の喪服が、なによりも華やかで艶やかなパーティドレスのようであった。

カザルスはシューマンのアダージョとアレグロ変イ長調作品七十を弾きだした。ピアノとデュエットの弾きだしは、いつ聴いても哲郎をうっとりとさせる。

哲郎は壁の額に見入る。そこには、パイプをくわえた横顔のカザルスがいた。目の右上に白く

皮膚の色がかわった部分がある横顔は、何歳のカザルスだろうか。

その写真は、ＣＤのジャケットから哲郎がわざわざ複写して、引き伸ばしたものである。

ブルーのシャツか上着を着ているカザルスの目は、なにかを一心を見つめて細くなっている。

独裁者フランコを嫌悪しながら、生まれ故郷カタロニアへの思いをはせているように、哲郎には見える。

どういうわけか哲郎は、そのカザルスを見るたびに、母の声を聞くのが不思議だった。

「おとうさんの好きだったひと……」

なぜ母が、そのことを哲郎に伝えたのかも不思議だった。

弔問客のなかに月子を見つけた母は、ひきとってもらうことを望みながら耐えた。そしてやはり耐えきれなくなったときに、十代の息子にそう伝えることで、ついにこらえきることができたのかもしれない。最近になって、哲郎はそう思うようになったのである。

しかし、カザルスの横顔が、なぜ母の声を呼び出すのかは疑問だった。

哲郎は、父のいない家を悲しいとか寂しいとか思ったことはなかった。兄や姉たちが歳が離れていたせいか、ひたすら自分にかけてくる母の愛がむしろ悲しくてならなかった。

哲郎の頬を張った妻の顔に涙はなかった。

「あなたは結婚なんかしちゃいけなかったんだわ！」

哲郎は妻の言う通りだと思った。ひとこと、すまん、と返した。

「結婚しておきながら、愛されたくないと言うあなたが、わたしにはわからない」

山岳仲間のひとりだった。どちらからともなく惹かれ合ったような気がする。

いつか山歩きの仲間たちにも公認となって、ふたりは上高地のホテルで結婚式をあげて暮らしはじめていた。

しかし哲郎は、子どもが欲しいという気がどうしても起こらなかった。

「子どもなんて、放っておいても生まれるもんだ」

先輩や仲間たちはそう言ったが、哲郎はひとり子どもにこだわった。

結婚して三年たったとき、妻となった女は子どもをつくらないことを不満としはじめた。哲郎はまだ欲しくないと言い、妻は早くつくり育てたほうが、あとで楽だと言い張った。

結局、哲郎は言ってはならないことを言ってしまった。

「子どもができたら、ぬきさしならなくなる」

妻ははじめ、哲郎の言ったことを理解しなかった。

「いま、なんて言ったの？」

哲郎は同じ言葉をまた繰り返した。

「ぬきさしならなくなるって、どういうことなの？」

「……」

「ねえ、どういうことなの？」

追い詰められて、哲郎は言った。

「ぼくたちは、子どもをつくったら、もう引くに引けないよ」

「え？　どういうことなの？」

「ふたりだけなら、いつだって自由になれるじゃないか」

「自由になれる？　わからないわ。……あなたは子どもができたら、自由になれないと思っているのね」

「……」

そのときだった。妻は哲郎の頬を平手打ちした。

「あなたは結婚なんかしちゃいけなかったんだわ！」

「……」

「結婚したときも、自由を失うと思ったんじゃない？」

哲郎はしばらくして言った。

「……そうかもしれない。……どうしてこのままじゃいけないんだ、そう思ったのは事実だよ」

今度は妻が黙る番だった。

「こんなにうまくいっているのに、どうして結婚なんかして不自由になるのかと思ったよ、正直」

そのとき、妻の顔が硬直したのがわかった。

「じゃあ、なぜ結婚したの？　しておいて、いまさらそんなことを言うのって、卑怯じゃない？」

哲郎はまた、そうかもしれない、と言った。妻はしばらく哲郎の顔を見つめていた。それから声を落として言った。

「どうして、いつも、自由にならなければいけないって思っているの？」

「……………」

「それは、とても不自由なことなんじゃない？　自由にならなければ、自由にならなければって、自由とは反対のところに自分を押し込んでいるのよ」

哲郎は妻の言うことがわかった。そして妻の言う通りだろうと思った。そのとき同時に哲郎は父と月子のことを考えていた。

なぜ、父と月子は一緒に暮らさなかったのだろう。少なくとも父は、哲郎の母より月子に心が移っていた。月子とふたりのために家まで借りて、ふたりで暮らしたいという意思を見せたのではなかったか。

月子のことは哲郎にはわからなかった。しかし月子は、かならず多香子と夏彦姉弟の待つ家に戻っていったようだ。父のように、家を捨ててまでというのではなかったようだった。

妻が黙ってしまった哲郎の肩を突いた。

「ねえ、聞いてるの？」

「……聞いてるよ」

「男たちは自由になることをロマンだと言って正当化したがるけど……、そんなの単なる無責任にすぎないわ。逃避と言ってもいい！」

どこか違うと思いながら、哲郎は黙っていた。

「ひとりでいることが自由と言うなら、それでもいいわ。だけどそれは、勝手でいいということではないし、自由という強迫観念に摑まることでもないでしょ？」

「……うまく言えない。だけど、ぼくが言いたいのは、いまだってうまくいってるじゃないか、という状態なのに、それを、……たとえば結婚という形で固めようとする。いまはうまくいってるじゃないか、と思ってるのに、早く子どもをつくろうと言う。……そうやって、次々となにかを背負っていく。ひとつハードルを越えたら、また新しいハードルを越えようとする」

妻は見つめるだけだった。

「ハードル競技をはじめたら、ハードルを跳び越えるだけ。ハイジャンプをはじめたら、ハイジャンプだけ。……そんなんじゃなくて、ハードルも跳び、ハイジャンプもし、ときにはただ歩く。

スピードを比べたり、高さを比べたり、距離を比べるんじゃなくて……、いろんなルールを次々と決めていくんじゃなくて……」

妻がいっそう声を落として訊いた。

「それが、あなたの自由ってこと？」

「ルールからはずれていきたいっていう気持ちは、強いよ」

妻はかつてない目で、夫である哲郎を見て言った。

「……自由は軽いことじゃないと、わたしは思ってきた。自由って、重いことだと思ってきたわ」

哲郎は、本当にそう思うか、と訊きたい衝動に突き動かされていた。しかしそれを無視して、妻の次の言葉を待った。

「わたしは、ひとりが必ずしも自由だとは思わない。結婚が必ずしも不自由だとも思わない。どっちだって、自由と不自由と両面持っていると思う。……どっちの自由を選び、どっちの不自由を捨てるか……。そういうことなんじゃない？」

哲郎は、それはわかると言った。

「しかし、子どもとなると違うんじゃないか？　たとえば俺たちが自由だと思って選択したことが、子どもにとっては自由の押しつけになることだってあるだろう」

「そうよ。あなたにとっての自由が、かならずしも妻であるわたしの自由にならないようにね」

「だから、ぼくたちは、その話をしてるんだろ?……子どもをつくれば、今度は子どもの意思が入ってくるんだ。……ふたりでやってきたことが、三人になり四人になる。……それは、やっぱり……」

妻は、それだってと言い返した。

「それだってきっと、折り合いがつくのよ。それぞれの自由のなかで」

哲郎は、それぞれの不自由のなかでと、つけ加えた。

哲郎は結局、妻と別れた。

「こんなふうに話したことがなかったわね」

妻の最後の言葉は、哲郎をいまも刺し続けている。

妻が拾った自由と自分が拾った自由。

妻が捨てた不自由、自分が捨てた不自由。

それが結局、折り合いを持てなかった。しかし哲郎に後悔はなかった。そうなるに至った過程に、父と月子のことがあるように思うことがあった。しかし、父と月子とは無関係だという気もまた別にあった。

パブロ・カザルスは、アルバム最後の曲、「鳥の歌」を弾きだした。それは、カタロニア地方の民謡だった。

晩年のカザルスがもっとも好んだ三分少々の曲だった。哲郎が好きな曲でもあった。

この曲の録音のなかで、カザルスは弾きながら時折り嗄れたような声を洩らした。それは、感きわまった喜びのようにも聞こえ、また悲しみを洩らすようにも聞こえる。その日の哲郎のコンディションで変わるのだった。

きょうの哲郎には、カザルスが嬉しくて嬉しくて、弾くことが楽しくて楽しくて洩らす声に聞こえるのだった。

哲郎は窓の外に目を移した。

いつの間にか、すっかり薄暮がすぎて、庭一面が黒くなっている。

夏彦と平祐がいつ洋館のなかに入ったのか、気づかなかった。

9

「あぶない」

多香子は榠樝荘(かりんそう)から飛び出してきた小さな固まりにぶつかった。

滋だった。

「なんだ、多香子さんじゃないか」

「ぶつかっておいて、なんだはないでしょ？」

滋は舌を出したあとで、ごめんなさいと言った。

「どこへ行くの？」

「友だちんとこ」

「それはいいけど、いまみたいに飛び出して来たら、車に轢(ひ)かれちゃうでしょ」

ぶつかった相手が悪いと観念している滋だった。

「せっかく、わたしが来たんだから、遊びに行くのやめたら？」

滋は困った顔をした。

「そういうわけにいかないんだよ」

大人びた口をきく滋に、頭を軽く撫でながら、多香子は、どうして？　と訊く。

「だって約束したんだもん」

「キャンセルできない約束はないのよ」

多香子は滋をいびりたくなった。可愛くて仕方がない。すると、すぐそばで夏彦の声がした。

「そういう悪いことは教えてほしくないな」

ほっとした滋が、夏彦の後ろに回った。

「約束はやはり守らなくちゃいけないよな、滋」

そうだよねえ、と滋。

「いつも、ひとの後ろに隠れていたら、人生は真っ暗闇になるわよ」

多香子は、まだいびりの気持ちを引っこめていない。

夏彦は、やめなさいよ、と目で多香子に言う。

「いいから、行きなさい。約束に遅れるよ」

夏彦の後ろから、

「じゃあ、お願いするよ」

そう言い置いて、滋は駆けだしていく。

「まったく生意気なんだから。じゃあ、お願いするよだって」

多香子は夏彦について門のなかに入った。

「すっかり冬の気配ね、この庭も」

「そう」

「あれ、なんて言ったっけね、ええと」

この季節、夏彦の庭のなかでもっとも鮮やかな燃えるような紅葉をまとう落葉樹がある。紅葉が落ちてしまうと、赤い実だけが残った。

「ナナカマドだよ」

「そうだ、ナナカマドだ。あれだけはまだ真っ赤な葉を残してる」

ふたりは並んで小径を入っていく。

「七度、かまどにくべてもまだ焼け残るほど燃えにくい木だって話じゃなかった?」

「あ、よく覚えてたね」

夏彦が多香子をからかって、

「でも、あれは生木でも実はよく燃えるんだよ」

「あ、そうなの」

多香子は相槌を打ちながら、相変わらずのひとだと、夏彦の横顔を見る。

この弟は一生、詩と植物で生きることができそうだ。いわゆる男たちが考える生産とは無縁に生きてきた。かといって世捨て人というのとも違う。この夏彦から見ればむしろ、普通のひとたちの生活こそ、自分を捨てた生活に見えるのではないだろうか。

夏彦のそれは、どこかで月子の生活につながっているように多香子には思えた。好きなことで生きることは難しく、贅沢なことでもあるだろう。しかし、そのために、ひとには言えない努力を、はかり知れない努力を必要としたとも言えるだろう。

姉弟ふたりになることは、久しぶりだった。

「いつ以来のことかしら」

多香子がそう考えたときだった。夏彦が同じことを訊いた。

「わたしも、いまそれを考えていたところよ」

子ども時代、ふたつ違いの多香子と夏彦はいつも一緒だった。それは夏彦がかなり大きくなるまで続いたように思う。

幼いころから夏彦は、およそ男の子らしい遊びを嫌って、多香子のあとばかりついて回った。

多香子の女友だちも、夏彦を異性とは見なかった。ほかの男の子たちが多香子と遊びたがっても、多香子も多香子の女友だちも拒むことが多かった。けれど、夏彦だけは別だった。

多香子と夏彦は居間のソファで向かい合った。

「静かね」

「滋が飛び出して行ったから。多香子さんとふたりだけ」

「平祐さんは？」

夏彦は、平祐は原木を探しに旅に出たと伝える。

「元気ね。平祐さん六十六歳でしょ」

「アトリエに入っていたら、十歳は若く見えるよ」

多香子は、平祐を自慢する夏彦を見ていた。

「なにか飲む？」

夏彦は多香子の目を見返して、訊いた。

「そうね、白ワインが冷えていればいただこうかしら」

夏彦は食器棚からワイングラスをとって、多香子と自分の前に置く。それから二つ並んだ大型冷蔵庫のうち旧式のほうのドアを開ける。

「そんなところに、ワインを入れているの？」

「ちょっとしたワインセラー」

多香子がいた頃は、床下のむろに蔵（しま）っていた。

「ボジョレヌーボーがどっかにあったと思ったんだけどな。……もう飲んじゃったかな」

そう言ってすぐに見つけたらしく、夏彦は栓抜きといっしょにテーブルに持ってきた。

「多香子さんのところは、今年はボジョレヌーボー何本買ったの？」

「去年からやめたの。稔があまり好きじゃないもんだから」

城田の家では毎年ケースで買う習慣があった。フランス帰りの父親の名残りは、そこだけになってしまったと多香子は思う。

しかし多香子自身、ボジョレヌーボーをそう美味しいと思って飲んでいたわけではない。味が浅すぎる。初物を楽しんでいたにすぎない。

「うちでは、月子さんが好きだったからね」

月子が元気だったころは、十二ケースもとったことを多香子は思い出す。

いまでこそボジョレヌーボーの季節になるとマスコミの話題になるが、城田の家では、あくまで父の忠長が持ち込んだ習慣だった。

「月子さんは、いつも新しいものが好きだったから」

そう答えながら多香子は、月子のことを夏彦と話したのは、いつ以来かと考えた。そして、きょうはいつになく思い出を確かめるものだ、と考える。

「稔さんは元気なんだね」

夏彦は静かに訊く。多香子は夏彦のこの話しかたが好きだった。どこで身につけたのか、夏彦の言葉遣いは、多香子とはまるで違っていて多香子は羨むことがある。

「元気よ」

「きょうは、どうしている？」

夏彦は植物のように話す……。そう言ったのは、平祐だった。

連れて来ればよかったのに、とか、どうしていっしょに来なかった？　というふうには訊かない夏彦だった。

「今日は静子さんの命日なの」

多香子は、元倉稔の先妻の名を出した。

夏彦は頷く。別れて暮らす先妻のふたりの子どもがやって来る日であることを、知っている。

「わたしと一緒に暮らすからって、それまでの習慣までぜんぶやめることはないじゃない」

それは多香子が言い出したことだった。

「わたしだって、稔と出会う前のことは消せないんだから」

静子が死んだときに、生きている限り、静子の命日には集まろうという約束を、稔はふたりの子どもとしていた。

「子どもたちも元気なんだね」

男の子と女の子の兄妹は、揃って大学に行っている。

「弾はニュージーランドに留学したがっているし、薫は早く就職したがっているわ」

多香子は、ふたりの顔を思い描く。

放牧の勉強をしている弾も、経営学を学んでいる薫もしょっちゅう泊まりにきては、父親の稔よりも多香子と話しこんでいく。

「実の親のようだね、あなたのほうが」

稔が時折り、そんなことを言うほどだった。

弾と薫は、多香子に気を遣ってそうするのではなかった。静子という稔の先妻が、ひととの適度な距離のとりかたを、ふたりの子どもに上手に教えたのだ。そう多香子は思っている。

「多香子さんも一緒にやろうよ」

薫は昨年も言ったことを、電話で言ってきた。

「わたし、静子さんを知らないもの」

「だから、紹介するわ」

死んだひとを紹介するという言いかたが、薫は気に入ったようだった。多香子はそれを受けて言った。

「紹介は、稔からしてもらっているわ」

「おやじさんは、紹介が下手だわ」

薫は、あくまでも静子の命日に多香子にいてほしいと言った。

「わたしは稔の紹介が下手だと思わないの。稔とわたしが親しくなったのはね、稔が一度も静子さんを悪く言わなかったからよ」

「弾も多香子さんにいてほしいと言っているわ」

薫はそう言った。そのことを多香子は直接弾から聞いている。

「だめよ。あなたたちでやりなさい。……わたしのなかにも稔から紹介されて素敵な静子さんがいるもの。わたしは静子さんにひとりで会いたいんだから」

それは、多香子の飾らない気持ちだった。

稔から聞く静子は、実際会ってみたいようなひとだった。そんなふうに自分の妻のことを語る男に、多香子は会ったことがなかった。自分の妻や恋人の欠点をあげて、口説かれた経験はあったが。

「なかなか快適そうだね」

夏彦がぽつりと言った。

「子どもっていうのも、いいものよ」

多香子は、弾と薫を思い描いて言う。

「多香子さんの顔がそう言っているよ」

夏彦はボジョレヌーボーのボトルを取り上げた。

多香子が稔と会ったのは、スポーツクラブでだった。

夏彦は散歩以外に運動というのをしなかったが、多香子はジョギングをしたり縄跳びをしたり、からだを動かすことが好きだった。

あるとき、ジョギングをしていて自転車と接触したことがあった。たいしたことはないと思っていたのに、転んだ拍子に腕を骨折してしまった。

この頃から、夏彦が心配をしてスポーツクラブに入ることを熱心にすすめはじめた。自分は少しもスポーツをしないくせに、妙に思うほど熱心だった。

多香子自身、街を走るのが危険だと感じはじめていたのと、ひとになにかを勧めたり、反対に止めたりすることを滅多にしない夏彦の真顔の心配に負けて、スポーツクラブに入ったのだ。

しかし、スポーツクラブはひとつの社交場だった。それが多香子の気に入らなかった。

「変人と思われてもいい。社交からは離れていよう」

多香子はそう考えて、インストラクターとも特に親しくなろうとしなかった。黙々と走り、黙々と泳ぎ、アスレティックやエアロビクスにも同じように取り組んだ。それが多香子の快適さだった。

気づいてみると、同じようにひとりを選んで通ってきている男がいた。会えば、挨拶をするようになった。けれど長い間、挨拶の域をふたりとも進むことはなかった。

そうしてある日、スポーツクラブの近くの八百屋で男と出会ったのだった。

八百屋のあるじに南瓜（かぼちゃ）を勧められていた。聞くともなく聞いていると、クラブの帰りによく寄っていることがわかった。

「南瓜を、そんなに好きじゃなくなってしまった。前は好きだったのにね」

男はそう言ったあと、妻が好きだったからと言った。

「おやじさんは、南瓜サラダの作りかたを知ってる？」

男がそう訊いた。

「おれは知らないよ、そんなの。おい、おまえ、知ってるか？」

八百屋は大根の葉を落としている妻に訊いた。

「南瓜はそれだけで煮るのが、いちばんじゃないの？」

妻が言い、八百屋もそうだよな、と頷く。

「こんなにうまい南瓜は、ぐじゃぐじゃ料理しないほうがいいよ」

「それはよくわかるが、うちの妻がそれを作るのが上手だったんだよ。……本を見ていろんな南瓜サラダをやってみるんだが、どうもちょっと違う。……それがわかれば買うんだがな」

多香子は思わず吹き出してしまった。まるで、気に入った家具を諦めるような男の言い方だった。

「冥途まで訊きに行くわけにいかないものな」

八百屋がそう言って、南瓜を元に戻した。

「実際、あれはうまかった。妻は、実に簡単に作ってくれたんだがね。料理の本に出ているのは、ちょっと丁寧すぎるというか、せっかくの南瓜をいじりすぎているように思えてね」

多香子は、男と八百屋の会話をおもしろく聞いてしまった。そして男が言うサラダとは、もしかしたら夏彦が作る南瓜サラダではないか、と直感のように思った。

夏彦の料理は実に手早かった。なかでも、南瓜サラダを簡単に作った。榠樝荘で人気のあるメニューのひとつだった。

南瓜一個を大雑把に皮ごと切って、少し固めに蒸し、さらした玉葱のみじん切りを大量に入れてマヨネーズで合わせながら、適当につぶすだけの料理だった。それを夏彦はサラダ菜をまわりに敷いた大きな鉢に盛りつけて出す。細かく切った干し葡萄かほかのドライフルーツを散らすこともあった。

稔とは南瓜サラダの縁だ、と夏彦に紹介したのがぴったりの出会いとなった。

次にスポーツクラブで出会ったとき、夏彦に確かめた絵入りのレシピを多香子は男に渡した。その次に会うと、男は「あれでした。あれが妻のサラダでした」と多香子に礼を言った。

「あれは、弟のサラダです」

多香子は男にそう反論して、ふたりは笑い合った。会員たちとの付き合いを避けるようなところがあったふたりが笑い合う姿に、インストラクターたちは奇妙な視線を注いでいた。


「恵理子はどうしてる？」

多香子は、榠樝荘(かりんそう)の住人になった弾や薫の従姉(いとこ)について訊いた。

「羨ましいぐらい元気だよ」

夏彦は言った。

「あの子の両親は、ちょっと信じられないわね」

多香子は、稔のところに持ち込まれる幾つかの事件を思い出して言った。

「悪いことばかりでもないよ」

夏彦はワイングラスを光に透かして、こともなげに言う。

「どういうこと？」

「あの両親を反面教師にして、恵理子さんは独立心旺盛だもの」

「独立心？」

夏彦は、恵理子が書店を自分でやりたいと言い出したことを告げる。

「ふーん」

多香子は初耳だった。恵理子の両親は自分たちの争いを元倉稔に持ち込んでも、子どものことを言ってくることはなかった。だから、恵理子が書店をやりたいということも、親から聞くことはなかった。

「女性の本の専門店をやるって言うんだけど……」

夏彦の言葉に、多香子はすぐに、それはいい、と膝を打った。

「ニューヨークをはじめ、欧米の主要都市には必ずあるんだってね」

恵理子の思いつきを聞いた多香子は、そうそう、と何度も頷いた。

「いいわよ、それ。欧米にあるとかないとかより、日本に欲しいわ、作るべきよ。……わたしにも手伝わせてくれないかな」

多香子は夏彦に言った。夏彦が笑う。

「あら、なぜ笑うの？」

「だって、多香子さんが、そんな謙虚な言いかたするの、珍しいもの」

まったく夏彦の言う通りだった。

「しかし、いいなあ。女性の本の専門店か」

多香子のからだから昇ってくる素直な感想だった。新しもの好きというところでは、多香子は母の月子に似ている、と夏彦は思う。

「多香子さんに相談するといいって、言っておいたよ。なにしろ」

そこまで言いかけた夏彦の言葉を、多香子は止める。そして言った。

「たしかに、わたしはありとあらゆることをやってきたけど」

夏彦が静かに、何度も頷いている。

かつて夏彦に言われたことがある。

……多香子さんは、どうしてそんなエネルギーを持っているんだろう。同じ姉弟なのに驚いてしまう。

多香子が最初にやったのは、ファッションモデルだった。それからずっと働いてきた。多香子の性には合わなかったが、モデルの仕事がいいお金になった。それを元手にはじめたのがスナックだった。

それから花屋、レストラン、ブティックと続き、いまはカードショップを経営している。ポストカードやグリーティングカードを集めた小さな専門店だった。

ほとんどの仕事を五年から十年をひとつの目処として、多香子は区切りをつけてやってきた。飽きるというのではない。次の仕事が、はじめなければ、というふうに招いているように思えたのだ。

多香子はいま、どうしても恵理子の仕事を手伝わなければという気になっている。

「本屋の仕事は、恵理子さんのほうが先輩だわね」

「利益が少なくて、難しい商売だと恵理子さんは言ってたけどね」

「どういうこと？」

多香子の心のうちに早くも火がつきはじめているようだった。そのことに気づいたのか、夏彦は楽しそうに多香子の顔を見つめて話しだす。

「わたしは数字にはからきし弱いし、よく覚えているわけではないけど……。恵理子さんに何度も話してもらったから、だいたいのことはわかったつもりだけど……。本の値段は、高くなっているると思う？　多香子さん」

「わからないな」

「たいして変わっていないんだそうだ。それに利益っていうのが、一割五分から二割とか言ってたよ」

多香子は、自分がいままでやってきた仕事のなかに、そんなに低い利益のものがないのを確かめた。

「大変な仕事みたいね」

多香子から見れば、恵理子はけなげな娘に見える。その恵理子がわざわざさらに大変な仕事をやろうとしているのがわかって、多香子は少し憂鬱になった。さっきまでの興奮は嘘のようにどこかに行ってしまっている。

「その女性の本の専門店というのは、もう決めたことなの？」

夏彦は、そう聞いている、と答えた。

「なんでも、いまの書店というのは、文庫と雑誌、新刊書とコミック、それに学習参考書を置いておけば、比較的効率がいいんだそうだ。しかし、それ以外の本を置く専門書店となると、効率はものすごく悪いんだそうだ。売れ行きだけではなくて、仕入れ効率も悪いということらしい」

多香子は、恵理子から聞いたことを伝える夏彦の顔を見続けるだけだった。

「けれど、恵理子さんは絶対やり続けると言っている」

「でも、お金はどうするの？」

多香子は少し心配になって、夏彦に訊いた。恵理子はまだ三十一歳だった。なにかをやるには若すぎる年齢に、多香子には思えた。

「そのことは聞いていないし、すぐにはじめるということでもないんじゃないの」

夏彦は、いくらか恵理子を弁護するような、優しい言いかたになっていた。

「すぐにじゃないの？　さっきの夏彦さんの言いかたでは、すぐにはじめるように聞こえたわ」

夏彦は苦笑した。多香子は一度思いこむと、その思いこみに従って考えをすすめていくところがあった。

多香子は、夏彦が笑うのを見て、夏彦の書くシナリオのなかに入ってしまったと思った。それは、幼いときから多香子が味わってきたことであった。

夏彦はなにもしないのに、いつも、ひとをその方向に向かわせてしまうところがあった。

「夏彦さんは、わたしが、恵理子さんが計画している専門書店に惹かれるって知っていたのね」

夏彦はまた静かに笑った。それは肯定しているようにも、否定しているようにもとれる不思議な笑いだった。

植物に教えてもらった笑い……。

多香子は、グラスを口にもっていった。しかし、もう一滴もワインは残っていないグラスだった。

10

「宗太さん、じゃ、これお願いするわよ」

恭子が、大根を宗太の前に置いた。

「大きめに切ったほうがいいと思う」

大根を前に、包丁の当てかたに戸惑っている宗太に、恭子が再び口添えした。

夏彦は、そんなふたりを見やって、自分は鰺(あじ)を三枚におろしはじめた。ふと目をやると、宗太は大根に包丁をまだ入れていなかった。

「なにもびくつくことはないよ。料理はテンポで作っていったほうがいい。味は、自然とそのテンポに合ってくるんだから」

宗太が目を上げて、夏彦に注ぐ。

「そのまま、ざくっと押してごらん」

恭子がまた戻ってきて、宗太と夏彦の睨み合いをおもしろそうに見守る。

夏彦が苦笑する。

「そんなに真面目にやることはないよ、宗太くん。それでいいから切ってごらん」

宗太が息を吸い込んで包丁を押した。

「それでいいんだよ。そんな調子で二本も切ってごらん」

恭子がもう一本の包丁を取り出して、宗太が切った大根を厚目に皮を剝き、四つか六つに切っていった。その手際を宗太が真似た。それが終わると恭子は面とりをしていく。宗太の手つきも、だんだんに手慣れたものになっていく。

「上手よ、宗太さん。切ったら、この鍋で下茹でしてね」

夏彦は、恭子が宗太に言った鍋が、米のとぎ汁に塩を少し入れたものだと知っている。

恭子と料理を作るとき、夏彦がいつも感心することがある。手順の良さと、料理のコツをよく知っていることである。米のとぎ汁で下茹でした大根は、味が染み込みやすいし、ずっと味がよくなる。恭子はどこでそういったことを身につけたのであろう。夏彦は考える。

実家なのだろうか。それとも口うるさい栃木の姑だったのだろうか。

おいしそうな大根がありました、と宗太とふたりして買いものをしてきた恭子は、大根と豚肉の煮物をしたいと言い出した。

冬の大根の煮物は、平祐の大好物だったことを恭子が覚えていたことが、夏彦には嬉しかった。

「それが終わったら、針生姜を適当に作って、あとは薄切りにしてくれればいいわ」

宗太に無駄なく指示しているのを見ても、恭子が料理好きなことを語っている。宗太も、次々と恭子が指示することをこなすのが、嬉しくてならないといった風だった。

夏彦が作っているのは、鰺の揚げ煮だった。

住人がいっぺんに揃うことのない榠樝荘では、時間をおいても味がさほど変わらない料理を選んで作っておく。

三枚におろした鰺に軽く塩をふっておく。

ふと見ると、恭子は大根の葉を斜めに薄切りしたものを塩揉みし、熱湯をかけて絞っていた。

どうするのだろう、と夏彦は興味をそそられる。

「宗太さん、そっちのお鍋に薄切りの生姜と、お酒、そうね、大匙で三、四杯。醤油は四、五杯、それからお砂糖は三杯でいいかな。それで煮てくださる」

夏彦は鰺を二つ切りにして水気を切り、小麦粉を全体にまぶした。

「もういいでしょ。豚肉をお鍋に入れて、色が変わったら大根を入れて、ひたひたになるまで水をくわえるのよ」

恭子の指示は実にタイミングが良いので、驚く。自分は中国風の茶碗蒸しを作りながらである。

それにもかかわらず、まるで宗太の手元を見ているように指示するのだった。

「あとは、もう落とし蓋をして、汁が三分の一ぐらいになるまで弱火で煮ればいいんだから」

落とし蓋というのが、宗太にはわからない。苦笑して、恭子が説明する。

宗太が満足そうにガスの火を弱火にしていく。

「どうだ、宗太くん。料理っておもしろいだろう」

宗太は、そうですね、と素直に口にした。

「どうだ、こっちも手伝うか」

夏彦は、宗太に訊いてみた。宗太を恭子のように使えるだろうか、という思いもあった。

「やらしてもらっていいですか？」

男でも女でも、料理に興味を覚えるタイプと、そうでないタイプがある、と夏彦は思っている。平祐は味にはうるさいのに、どちらかというと料理には近づかないほうだった。

夏彦は、宗太に莢豌豆の筋をとらせ、縦に細く切らせた。続いて、大和芋と人参を同じように下ごしらえさせた。

「中華鍋を油で熱して、いま切った野菜を炒めて……」

夏彦は、宗太の炒めた鍋にだしを加え、砂糖と酒、醤油、そうして最後に少し酢を入れた。

夏彦のはすべて目分量だった。自分の舌に合う量を、経験的に入れるのだった。

「もういいかな。そっちの鯵を揚げてもらおう」

宗太は、こわごわと鯵を熱した鍋に落としていく。

台所に、匂いが立って、熱がこもってくる。夏彦の好きな時間だった。

火曜日の榠樝荘の住人は、比較的早く帰ってくる。この日だけは恭子と夏彦がふたりして料理をしてくれるのを知っているからでもあった。

小さな足音がして、滋が台所を覗いた。手足が真っ黒に汚れたままの滋だった。

「あれー、宗太にいちゃんもお料理してるんだ」

「そうよ。宗太さんは、なかなかいいセンいってるんだから」

恭子が自分のことのように自慢してみせた。宗太はそのことが嬉しい。

夏彦が時計を見上げた。みんなが帰ってくるには、まだ少し時間がある。

「さ、いまのうちに、宗太さんとお風呂に入っておいで」

夏彦は滋に言った。

「宗太にいちゃん、行こう」

恭子は、宗太の腰を押していく滋の後ろ姿を見て、こんな環境にまた感謝するのだった。

滋が素直に育つのも、榠樝荘の人々のおかげだと心から思った。

ここの住人は、ひとの弱さを知っている者ばかりだった。そのことが、どれだけ大切かと思う恭子だった。

傷ついたことがある者が持つやさしさを、誰もが知っていると思う。榠樝荘の住人はしかし、傷を嘗め合うというような弱さはなかった。傷を自分で背負うことで、やさしく勁くなったひとたちだった。これが栃木のひとたちに欠けていたのだと恭子は思う。

「匂いがなかったら、料理はその価値を半分にするわよね」

平祐も台所に顔を出した。

「このたちこめる匂いが、見事に邪魔してくれるから、とても制作どころじゃないわよ」

大きく息を吸い込む仕種をして、平祐は言う。

「滋の声が聞こえたように思ったけど？」

「宗太さんとお風呂なんですよ」

恭子は、テーブルに食器を出しながら言った。

「平祐さんは、寝がけに入るんでしょ？」

夏彦が聞いた。そうですね、と平祐が答える。

「だったら、もうテーブルについてください。大根がうまそうだから、今夜は日本酒をお燗しようと思うんだけど」

夏彦がそう言いながら、一升瓶から徳利に酒を移していた。

「いいですねぇ。大根の煮たのがあって、熱燗があって……。これだから冬はいいのよね」

「このあいだ、恵理子さんに冬はいやだって言ってたのは誰だった？」

夏彦が、平祐の言葉尻をとらえて言った。

「あの、おしゃべりが！　あれは庭の話でしょ。いまわたしが言ってるのは、食べるもののことですもの」

平祐は平然と言い、軽く顎を上げて澄ましてみせた。平祐が、ご機嫌な証拠なのである。気に入った原木も手に入って、制作意欲も高められているようだった。

「いやあ、よかった。間に合ったみたいだな」

恵理子がダイニングのドアを開けて言った。

「おしゃべり！」

すかさず平祐が言って、軽く睨む。

「なによー。いきなり」

「冬が嫌いだって、わたしが言ってたって？」

「言わなかった？」

恵理子も負けていない。

そりゃ言ったけど、と頷く平祐の目はもう笑っている。恵理子にしても同じだった。軽口のたたき合いは、榠樝荘の住人が揃う火曜の夜の食前酒のようなものだった。

「ああ、いい匂いだな」

その声は鵜沢哲郎だった。

「さすがに、みんな手が長いわ」

平祐だった。

「手が長いって、どういうことですか、平祐さん」

恵理子が訊く。

「書店に勤めてて、そんなことも知らないの？　あなたたちみたいに都合よく現れるひとのことよ」

平祐は、言った。

「平祐さんは、そのなかに入らないですか」

恵理子が笑いながら言う。その恵理子を平祐がぶつ真似をする。


「ここに使ったのか」

煮物の上にふりかけた彩りの大根の葉の塩揉みを目にして、夏彦はまた恭子の濃やかな神経に感心する。その煮物にいち早く手を伸ばしたのは平祐だ。

「おいしい大根だ」

平祐は、好物の煮物にご満悦の声をあげた。

「それ、恭子さんと、なんと宗太くんの合作ですよ」

夏彦はお猪口を口もとで止めて、説明した。

「えー？　宗太くん」

恵理子が大袈裟に驚いてみせた。

「そうだよ。宗太にいちゃんも手伝ったんだよ」

滋が、ね、と宗太に相槌を求める。

「滋は見てなかったくせに」

宗太が照れて、滋の額を指で軽く突いた。それから言った。

「それに、ぼくは言われた通りにやっただけだから」

哲郎が、夏彦と平祐の猪口にお酌の手を伸ばして、

「うまいものを食べるというのは、それだけで幸せにしてくれるもんですね」

いかにも嬉しいという声を出した。

「鵜沢さんくらい、食べるのが似合うひとはいないわね」

平祐が言い、哲郎が腹を揺すって嬉しそうにまた笑った。

「いいえ、みなさん、食べるのが似合うわ」

恭子が言った。それから、宗太さんと呼んだ。

宗太が恭子の目配せで立ち上がり、恭子について台所に入っていった。

すぐに戻ってきた恭子が、テーブルの真ん中を空けるように言う。手が集まって、センターがきれいになった。

そこに恭子は土瓶敷きを置いた。その上に三十センチはある青磁の器を宗太が置いた。

「見事なものだ」

最初に嘆声を洩らしたのは、夏彦だった。みんなも口々に、うまそうだ、と声をあげた。

鶏挽き肉のいっぱい入った中国風茶碗蒸しだった。ゆるやかなとき卵にピーマンのみじん切りが振ってある。

恭子が器におたまを入れた。

「めいめいが勝手にとってくださいね」

そう言いながら、平祐と夏彦にはすくいとる恭子だった。

「ここにいると、料理が少しも上達しないな」

そう言ったのは、恵理子だった。少し怒ったような口調だったので、みんなが恵理子を見た。

「どうしてそんなことを言うんだい？」

とりなすように哲郎が訊いた。

恵理子は、すぐに返事をしなかった。返事の代わりをするように立ち上がり、茶碗蒸しをすくって、また怒ったように腰をおろした。

「そうだよね」

呟くように宗太が言った。

「恭子さんも夏彦さんも、こんなに料理が上手なんだもの、出番がないよね」

宗太は恵理子に向かって言った。恵理子は宗太に頷き返しながら、哲郎に言った。

「さっき、うまいもの食べるだけで幸せになれるって言ったでしょ？」

「うん」

「みんなは知らないと思うけど……。わたしは、こんなふうに賑やかに食べるだけで、胸がいっぱいになっちゃう。正直言って、うちの食事はね、どんなに豪華なおかずが沢山あっても、おいしくなかった。……父と母が仲悪いから。わたしは、早く食べて早く部屋にひきあげることばっかり考えながら、食べてた。兄たちもみんな、食事の時間が嫌いだって言ってたもの」

テーブルが急に静かになった。それぞれがそれぞれの思いに、とらわれているのだった。

滋がみんなの顔を見回して、それから突然に、宗太にいちゃんが泣いてる、と言った。

「どうして、ぼくが泣くんだよ」

宗太が、滋のおでこを突いた。

「泣いているよ。だってそれ、涙みたいだよ」

滋は一層、宗太の顔を覗き込んでいく。その滋の頭を、平祐が押さえた。

「平祐さん」

押さえられた頭を振りながら、滋が叫んだ。

「お願いだから、そんなに強く押さえないで。いたいんだもの」

それじゃあね、と平祐が手を離して小さく言った。

「覚えておいで。ひとの涙を見ても、黙ってなくちゃ駄目なのよ」

滋は、うん、いいよ、と言った。それからすぐに、でもどうして？　と訊き返した。

「ひとの涙に気づかないふりするのが、お行儀のいいことなの」

滋の向かいに座った恭子が、真っすぐに見て言った。

「わかった？」

滋が、わかった、と答える。

「でもさあ、変だよ」

合点がいかないように、滋が不満を洩らした。

「なにがさ」

そう訊いたのは、恵理子だった。

「だってさ、変だよ」

「だから、なにが変なんだ？」

滋の口が尖っている。

「だって、誰も悲しい話をしなかったのに、泣くなんて、おかしいよ」

するとすかさず、恵理子が言った。

「だから滋は子どもって言われるんだよ。悲しいときにしか泣けないのが、子どもなんだもの」

「……」

「みんなが、こんなに集まって、おいしいものを食べたら、大人ってやつは涙が出るんだよ。嬉しくって、おいしくって」

滋はまたテーブル中を見回した。それから、ほんとだ！　と叫んだ。

「ぼくだけ、やっぱり子どもだ！」

滋が納得したように言って、それを機にみんなが一斉に笑った。

哲郎が皺くちゃのハンカチーフをいそいで目に当てたが、それに気づいたのは夏彦と平祐だけだった。

宗太が手の甲で涙を拭っていると、台所に入ってきたのは夏彦だった。

中華鍋がのっているガス台に点火し、野菜を炒めたなかに宗太が揚げた鰺を入れた。しばらく火を強くして汁の味を含ませた。それから深い大鉢に鯵を取り出し、鍋に残った汁に水でといた片栗粉を入れた。とろみをつけ、それを鯵のうえにかけた。

そうするあいだ、夏彦はひとことも宗太に声をかけなかった。

「向こうに持って行っていいですか？」

宗太のほうから夏彦に訊いた。

「そうして」

宗太は大鉢のしたに手をかけて、鯵の揚げ煮をテーブルに運んだ。

「ねえ、このあいだの父親参観日、結局どうなった？」

恵理子が鯵を頭からかぶりつきながら、恭子に訊いた。

「やめたんだっけ？」

恭子がいたずらっぽく目だけを丸くして、滋に目をやった。滋も同じ目になって、立ち上がる。

「ぼくのクラスの先生ね、ここに遊びに来たいんだって」

ね、と恭子の同意を、滋は目だけで求めた。

「滋の先生が榠樝荘(かりんそう)に、とても興味を持たれて……」

恭子がすべてを言い終わらないうちに、恵理子が、

「そりゃあね、ここに興味を持たないなんてあり得ない」

そう受けて、父親参観日のことを教えて、とせがんだ。

「誰が行ったの？　結局は」

「平祐さんと、夏彦さんと、哲郎さん」

滋がひとりひとりを指さしていく。

「宗太くんは？」

先回りをして、恵理子が訊いた。

「来なかったんだよ、ね」

宗太が隣の滋に頷いた。

「それに恭子さんも行ったんだよ」

哲郎が補足する。

「なあるほどね。……この面々だと、恭子さんも心配になっちゃうもんね、わかるわかる」

恭子はこらえきれないように大きく笑った。

「もう、笑ってないで教えてよ、恭子さん。大騒動になったんじゃない？」

恵理子は哲郎から訊き出そうとした。しかし哲郎も含み笑いをしているだけだった。それで恵理子は、滋に目を向けた。

「滋くん、どういうことになったの？　聞かせてよ」

滋が隣の平祐を覗きこんだ。それを見て、恵理子がまた先回りをした。

「わかった。平祐さんの大失敗があったんだ」

ところが滋は、ちがうもんねえ、と平祐に同意を求めた。

「似たようなもんよ」

せっかく滋が庇った言いかたをしたのに、平祐はぶっきらぼうに顎をしゃくった。

「どうして?」

平祐の意外な反応に、滋は戸惑ったようだった。

「だってさ、平祐さんは失敗しなかったじゃないの、ねえ、夏彦さん」

夏彦は、平祐の空いた猪口に酒を注ぎながら、失敗かどうかは見方によるな、と言った。

「夏彦さんは失敗だと思ったの?」

滋は少し向きになってきている。平祐をひとりで庇おうとしているように見えた。

「じゃあね、わたしが判定してあげる。だからさ、早く話して」

恵理子は苛つくように催促した。

その日、滋は教室の後ろの扉が開くたびに振り返り、落ち着かなかった。先生の注意も受けたほどだった。

ベテランの奥平先生も緊張しているように見えた。滋には、そのことも不安材料になっている。咳ばらいは多いし、何度か生徒の名前を言い違えたりしたのだった。奥平先生は大学生の子どもがいる女教師だった。

三時間目に入ったときに、滋は、平祐と夏彦の顔を見つけ、それから哲郎と母親の恭子までが来ていることを知った。

夏彦は、いつも庭にいるときのざっくりした丸首の紫のセーター。ベージュのポロシャツの襟のあいだにアスコットタイがのぞいている。哲郎は黒のトレーナーだけなのに、さかんに汗を拭いてせわしなく見える。参加者のなかでもいちばん太っているのは確実のようだ。

いつもより母親たちの姿も多いように思える。

滋は恭子だけが目立たないことに、安心を覚えた。そして、平祐がかっこいいと思い、滋は指でピースサインを送った。

彼は深いブルーのワイシャツに、淡いピンクのネクタイをして、シャツより濃い目のブルーのジャケットを着ている。ジャケットの胸のポケットからは、ネクタイと同じピンクのシルクのチーフをのぞかせている。

平祐の顔は、いつになく緊張をしている。そう滋は思う。

滋はどうしても後ろが気になってならない。我慢するのに、いつの間にか、目のほうで後ろに行ってしまう気がするのだ。

隣の陽子に肘でつつかれた。

「なに？」

「先生が何度も、滋くんを見ているわ。こんどは注意されるわよ」

小声だけど、いつものように「おせっかい陽子」だった。

滋は奥平先生を見た。先生の顔がさっきより赤いような気がした。滋にはそのことも気になった。いつものように、先生もかっこよくあってほしいのだ。

恭子がいつも、奥平先生は素敵ね、一年生の担任では滋の先生がいちばん好きよ、と言う。

せっかく平祐たちが来てくれたのだ。

「いいところみせてよ、先生」

そう叫びたいほどなのだが、いつになく落ち着かない。

おせっかいな陽子が、また肘を突いた。そのままの姿勢で、

「先生、ちょっと変だと思わない？」

そう訊いてきた。

「そんなことないよ」

滋は自分の心を隠して言う。

「そうかな、わたしは変だと思うわ」

「陽子ちゃんがうるさいからだよ。先生のじゃまをしないであげなよ」

陽子がまた滋の肘を突いた。しかし、それだけで静かになってくれたのは、嬉しかった。そうなると滋はまた、後ろが気になった。

そのとき奥平先生の声が耳に入った。

「きょうは、みなさんのおとうさんやおかあさんがみえていますね」

陽子がすかさず、滋だけに聞こえる声で言った。

「おじいちゃんみたいなのもいるわ」

滋は、陽子がなにか言いだすのかと思った。夏彦と平祐のことをおじいちゃんと言ったのか、と考えた。ふたりはともかく、父親には見えなかった。

奥平先生は、教室を見回して言った。

「ご家族のかたがみえているから、みんなもいつもみたいじゃないですね。落ち着かないのね。……先生もそうなの。いつもよりちょっと緊張しているのよ」

陽子がよせばいいのにまた言った。

「先生、顔が赤いわ」

クラスのなかに同調する子がいて、赤いの、赤くないの、と口々に言い、教室が少し賑やかになった。

奥平先生が、いつものように両手をひらいて、静かにしてと言った。

「陽子ちゃんがよけいなことを言うからだよ」

「どうして？　ほんとのことを言っただけよ」

その声が少し大きかった。滋は先生のために少し慌てた。先生と陽子を交互に見た。

「ぼくが陽子ちゃんを好きなのか嫌いなのか、わからなくなるときは、いつもこういうときだ」

滋はそう思いながら、先生の顔を見た。

先生が頭を抱え込んでいる。

滋は陽子を突きとばしてやりたくなった。

「嫌いだよ、嫌いだよ、陽子ちゃんのおかげで、奥平先生を困らせちゃったじゃないか」

そう叫びたくなったが、滋はまだなんとか堪えることができた。

すると先生が動いて、黒板に「かぞくのしごと」と平仮名で書いた。

「たくさんの、おとうさんやおかあさんがみえているから、きっときょうはいろいろな仕事のかたがいると思います。みんなは、どんな仕事を知っていますか？」

先生は訊いた。

滋たちはいろいろな仕事を口々に叫んだ。

先生がそれを黒板に書いていく。

いんさつや、さかなや、はいしゃ、という字を書いていった。

しかし、そのときだった。先生がぐらっと揺れたように、滋には見えた。先生は自分の机に摑まった。ひとりの男のひとが慌てて前に飛び出してきて、先生を椅子に座らせた。それから額に手を当てて、熱がある、と教室を見回した。

そういえば、昨日から先生は具合が悪そうにしていることがあった。滋は思い出す。

先生はその男のひとに礼を言ってから、座ったままで話をした。

「大丈夫よ。さあ、続けましょう」

奥平先生は、教室を見回してから、平祐を指さした。

「すみません。子どもたちが言う仕事を黒板に書いてくださいますか？」

滋の心臓は早鐘のように鳴りだした。

平祐は、自分を指さして、わたし？　と訊き返した。平祐は通路の突き当たりに立っていたから、たぶん指名されたのだと滋は思う。

滋は教室中を見回した。こんなに静かな教室を滋は知らない。教室中が平祐を見ているのだ。

陽子が滋のほうに、ちらっと視線を投げた。

滋は目をつぶった。みんなは、もうきっと知ったと思う。滋はそう感じた。

目を開けたときは、平祐が黒板のほうに歩いていくときだった。それからすぐに平祐はチョークを手に取った。

小指が立っている！

そんな持ちかたを、先生はしない。滋は跳ね上がった平祐の小指を見ていた。

平祐は教室をゆっくりと見回している。

滋は恭子に目をやり、それから急いで夏彦と哲郎を探した。ふたりとも平祐を見守っている。いつもと変わりなく、平祐に目を注いでいる。それを見て、滋は少し落ち着けそうな気がした。

しかし次に平祐がしたことは、奥平先生の額に手をやったことだった。額に手を当てたまま、目は滋に向けられている。

「だいぶ熱があるわよ」

陽子が滋を小突いた。

「あのひと、どことなく変じゃない？」

滋は黙っていた。声が喉にはりついていて、無理に出せば、奇声を発しそうだったからだ。

「医務室に行ったほうがいいんじゃないかしら」

平祐は手を当てたままで、また言った。

陽子がまた小突いた。

「ぼくは、いままで陽子ちゃんのことをかんぜんに嫌いだってことを知らなかったよ」

そう言ってやろう、と滋は思った。しかし黙っていた。そんなことを言ったら、どうなるか予想がついたからだった。そして、平祐がもう話さないでくれたら、と祈るばかりだった。

平祐が奥平先生に覆いかぶさるようにして、なにか言った。先生もなにか言っている。

「なんって言ってるのかしら、あの変なひと」

陽子がそう言って、不思議そうな目を滋に向けた。滋は無視することにした。

「わかったわ。じゃあ、そこに座っていて」

平祐がそう言うのが聞こえた。それから小指を立てた平祐は黒板の前に立った。

「わたしは、山下平祐です」

いきなり、そんなふうに名乗った。

「山下ですって。そんな子、このクラスにいないわ。きっと教室をまちがえているのよ、あの変なひと」

陽子のからだじゅうが、平祐からなにかを探り出そうとしていた。

しかし滋の気になるのは、平祐が次になにを言うかだった。そのことを考えると、どうかなりそうな滋だった。

「わたしは、志賀滋くんと一緒の家に住んでいます」

だめだ、これで終わりだ。滋はそう思った。が、平祐から目が離せなかった。

「志賀滋って、え、あなたよ」

陽子がなにかを発見したように叫んだ。

「いまさら、なにを言ってるんだ。ぼくが、志賀滋ってことは、ずっと前から知ってるくせに」

滋はそう叫びたかったが、黙って立ち上がっただけだった。教室中の目という目が自分に集まってくるのを感じた。この感じはいつか経験していると思ったが、それがいつの、どんなときだったかを考えている暇がなかった。

「そう。あの滋くんと、わたしは一緒に暮らしているわ」

教室がざわめいた。平祐が、ぱんと手を鳴らして、静かにしてくださいと言うと、教室はまた前のようになった。

「平祐さんの言葉は魔法のように、教室を静かにさせる。奥平先生よりずうっと上手だ」

滋はそう考えた。熱のある奥平先生もそう考えたようだ。驚いたように、赤い顔を上げて平祐を見ている。

「それからね、あの滋くんと暮らしているひとを、もっと紹介するわ」

そう言って平祐は、夏彦と哲郎を指さし、最後に恭子を指さした。

「みんな、出てきてくださる?」

陽子はもうなにも言わなかった。立っている滋を特別な目で、見上げただけだった。

夏彦たちが前に出ていくあいだ、平祐は小指を立てたままで五人の名前を黒板に書いた。

　山下平祐（やましたへいすけ）
　城田夏彦（しろたなつひこ）
鵜沢哲郎（うざわてつろう）
志賀恭子（しがきょうこ）
志賀滋（しがしげる）

「それからね、滋くんは、あとふたりのひとと一緒なのよ」

滋のクラスメートが一斉に、へえーと声を上げた。

「まだいるんだってさ」

そう言った声も聞こえた。

平祐は五人に並べて、

　朝永宗太（あさながそうた）
　高山恵理子（たかやまえりこ）

と、書いた。

「みんな、名前が違うのよ。このふたりは一緒ね。これは」

平祐は、恭子と滋の名前をチョークで押さえながら、

「母子です」

と、言った。

「でもね、母子というのは、家族の仕事じゃないわよね。これはなにかしら?」

平祐は、教室のみんなに訊いた。

「誰か知らない? 母親とか子どもというのは、仕事かしら?」

滋の友だちは、わからないままに、ちがいまーす、とばらばらに答えた。

「そうよね。違うわよね。おかあさん、とか、おとうさんっていうのは……」

そこで平祐は、なにかしら? と夏彦たちに訊いた。

「家族の立場かな?」

夏彦が少し考えたあとで、自信なさそうに答えた。教室の後ろでも、大人たちが銘々に言い合っていた。

「ま、そんなところだと思うわ。みんなも考えてみて。……いまは、家族の仕事を勉強しているのよね、ちがう?」

子どもたちが、そうでーす、と答える。前よりずっと声が揃いだしている。

「このひとはね、詩人です。詩を書くのを仕事にしているのよ」

平祐はそう言って、夏彦の名前の下に漢字で詩人と書き、隣に「しじん」と平仮名をふった。

「それから、このひとは。このでっぷり太っているひとは」

滋から平祐の表情は見えにくかったが、きっと横目で哲郎を見ているのだろう、と想像する。

「グラフィックデザイナーです」

子どもの首が動いて、口々にグラフィックデザイナーと言い合った。

「ポスターとか、パンフレットとか知っているかな」

そう言ったのは、哲郎だった。子どもたちは、知ってるよー、と自慢気に答えた。

「そういうのを作るひとが、グラフィックデザイナーだよ」

哲郎はそう言い、平祐から受け取ったチョークで自分の名前の下に、グラフィックデザイナーと書いた。

「それから、このひと。このひとは、滋のおかあさんです。もちろん仕事を持っているわ。このひとの仕事は」

平祐は恭子を振り向いた。

「わたしは、小児科の医院で、事務の仕事をしています」

何人かが知ってるよ、と言っていた。

「受付をしたり、カルテを整理したり、電話をとったり、いろいろなことをしています」

恭子はそう言って、名前の下に事務員と書いた。

それから平祐は滋を手招きした。滋は素直に平祐の前に歩み出た。

平祐は滋の肩に手を置いて、

「滋くんの仕事はなんでしょう」

訊きながら、教室を見渡した。

「滋くんの仕事だって」

子どもたちは怪訝な口調でそう言いながらも、いろいろなことを言いはじめる。平祐はそれを黒板に書き留めていく。

小学生、子ども、息子、買物がかり、給食当番、図書委員、肩たたき、お手伝い……。

「ふつうはね、仕事っていうのは、お金を稼いでくるのを言うのよ。……みんなはまだよね」

声がなくなったところで再び教室を見回して、平祐は言った。

「買いものに行ってくると、お金をもらえるわ」

「肩をたたけば、おこづかいになるよ」

「算数の成績が上がると、こんどお金もらえるの」

口々に言いだして、教室中がまた騒がしくなった。平祐がぱんと手を打った。すると教室は静まり返った。

「ほら、そんなふうに、すぐうるさくするでしょ。だから、あなたたちは子どもだって言われるのよ。……でもね、やっぱり子どもっていうのは、お仕事じゃないと思うわ。だって子どもといっても、いろいろいるわよね。赤ちゃんもいるし、小学生も中学生もいる。……大人っていうのが仕事じゃないように、子どももお仕事じゃないわよね。お金は稼いでこないけど、小学生っていうのが、あなたたちの仕事だ、とわたしは思うのよね。ふつうはね、ひとつの決まったことを続けてお金をもらえるのが仕事だって言われているけど、それだけじゃないと思うの」

このひとはね、と、平祐は黒板の滋の下に小学生と書き、続いて宗太の名前の下に大学生とつけ加えルビをふった。

それから、高山恵理子の名の下に書店員（しょてんいん）と書き、

「本屋さんで、本を売ってくれるひと」

と、つけ加えた。

滋は、いつの間にか教室が平祐のペースになっていることに気がついた。みんなの視線が平祐ひとりに集中している。

「ね、わたしの仕事、あててみて！」

平祐は、少し気取った様子を見せて澄まして横を向いた。

「テレビの仕事なんかじゃない？　顔は見たことないけど」

はじめにそう言ったのは、陽子だった。

「どうしてそう思ったの?」

平祐は陽子に訊いた。

「だって、しゃべりかたが変だし、面白いし、それに素敵なかっこしてるし、それになんでも知ってるし、それに……」

陽子はもっと続けようとして、行き詰まる。平祐は笑いながら聞いていたが、

「わたしは、家具を作る職人なのよ」

と、説明した。

教室の後ろがむしろ、「ほう」と、どよめいた。

「ショクニン?」

「なんだ、それ?」

「家具を作るんだって?」

「椅子とか机とか?」

「ベッドも?」

子どもたちは、たちまちうるさくなった。しかし、それも束の間だった。平祐が、また手を鳴らしたからだ。

「わたしはね、山の奥に入っていって、木を探すことからはじめるのよ。……それからね、その木を伐ってもらって、製材所というところで、わたしの思ったように板にしてもらうのよ」

滋は、平祐の話に聞き入るクラスのみんなを、黒板を背にして前から見ていた。いつもとは違う眺めだった。

陽子がぽかんと口を開けているのが、滋はおかしいと思う。

「切ったその板を、アトリエに送ってもらうのよ」

「アトリエって？」

ひとりの男の子が訊いた。

「アトリエっていうのは、わたしの仕事場のこと。小さなお教室みたいなものよ。……そこでわたしは、幾日も幾日も板とお話するの」

「板とお話？」

「そうよ」

「どんなお話？」

「そうね、……どんな家具になりたいか。どんなデザインにしてもらいたいか、とか。……木が考えていることを、耳を澄ませてよく聞くのよ」

平祐は顔の横に手をもっていって、耳を澄ます仕種をした。

「木が話すの？」

そう訊いたのは、陽子だった。

「そうよ。とてもいい声で話すのよ」

陽子が、うそ！　と言い切った。

平祐は、今度わたしのアトリエに来てごらんなさいと言った。

「木がお話をするのを、聞くことができるかもしれないわよ」

陽子はちらっと滋のほうを見て、それから滋を指さした。

「滋くんも、木のお話を聞けるの？」

平祐が滋を見て、それから言った。

「まだ、だめみたいよ。一生懸命聞いてるけど、まだわからないみたい」

陽子はいくらか安心したようだった。

平祐は続ける。

「そうやって、木の言うことをよく聞いて、それから家具にしていくのよ。……これが、わたしのお仕事」

平祐はそう言って、黒板に家具職人（かぐしょくにん）と書き、それから教室を見回した。

「これで、わたしのお話は終わりです」

子どもたちが一斉に拍手をし、教室の後ろの大人たちも手をたたいた。

「どうもありがとう。きょうは、わたしがお話をしましたけれど、後ろにいるみんなのおとうさんやおかあさんも、いろいろなお仕事をしているわ。だから、今度はまた、違うひとにお話を聞けるといいわね」

滋もそうだと思った。

平祐たちが元の場所に戻ろうとしているとき、ひとりの男の子が、おじさん、と平祐を呼んだ。

そして黒板に並んだ名前を指さして訊いた。

「どうして、みんな名前が違うのに、一緒に住んでるの？」

平祐は、その男の子に向かって、家族だからねと言った。

「家族？　だってみんな、名前が違うじゃない。……家族って、みんな同じ名前のことを言うんじゃないの？」

平祐が目をつむってしばらく考えてから話しだすのを、滋は見ていた。

「いろんな家族があるのよ。本当にいろんな、ね。あなたは、まだ知らないけど、アフリカのひとや他のアジアのひと、それからアメリカのひとやなんかが一緒に住んでいて、ひとつの家族だってこともあるのよ」

それは、混血っていうんじゃないの、と男の子は訊いた。

「そう。そういう言いかたもあるわよね。でもね、血の繋がりのない家族もあるのよ。あなたは、なんて名前？」

「サクライツトム」

「ツトムくんが、まだ知らないだけよ。早く大人になることよ。そうすれば、世界中のいろんな家族を知ることができるわ。それにツトムくんがいろんな家族を作ることもできるわよ」

「ぼくが家族を作るの？」

「そうよ。素敵な家族を作るためには、あなたが素敵になることよね」

滋は、ツトムの家にも父親がいないことを知っていた。

ツトムはなにかを考え込んだようだった。


「それでか。この頃、子どもたちがよく覗いているのは」

恵理子が言い、続けて、「平祐さんって、かっこいいわね」と言った。

「うん。かっこいいんだから。おかげで、ぼくまでかっこよくなっちゃった」

滋の言い方に、部屋のなかが笑いの渦になった。

11

「ねえ、平祐さん」

　門から少し入ったところにある柿の木の下で、榠樝荘（かりんそう）を描いていた滋が、後ろにまわって絵を見ている平祐を呼んだ。

「なによ」

「榠樝荘（かりんそう）って言うけど、榠樝（かりん）の木を、ぼく見たことないよ」

「わたしも知らないわ」

「それだったら、どうして榠樝荘（かりんそう）っていうの？」

「知らないわ、そんなこと」

　平祐は、われながらやさしくない答えかただと思いながら、そう答えた。

　それぞれの部屋の名前は庭の木から取ったものだが、肝心の榠樝（かりん）の木が夏彦の庭には見当たらない。

「じゃあ、平祐さんは榠樝（かりん）の木って知ってる？」

「知ってるわよ」

「実が生る？」

「まずーい実が生るわ」

平祐が、あまりに強調するので、思わず滋が振り返った。その顔に、平祐はまた、まずーい、と顔をしかめた。

滋が愉快そうに笑って、そんなにまずいの？　と訊き返す。

「生のままだと、ざらざらしていて渋くて、おいしいとは言えないわ」

そこまで言ったとき、笑い声がした。ふたりが振り返ると、夏彦が立っている。

「滋」

「なあに」

「平祐さんは、よっぽど榠樝が苦手みたいだねえ」

滋が平祐の真似をして、

「まずーい」

と、顔をしかめてみせる。

それからまた思い出したように、どうして榠樝の木がないのに榠樝荘って言うの？　と訊いた。

「榠樝の木が三本あったんだって、昔のことだけど」

「ふーん、どこに?」

「あの、洋館のところに」

平祐もはじめて知ることだった。

「見事な実が生っていたそうだけど、洋館を建てるんで、伐ったんだそうだ」

平祐が、その木はどうなったのよ、と訊いた。

「わたしなんかが生まれる前のことだし……わかりませんね」

「赤い色をした固い木で、木工には最適なのよ」

「そうなんですか」

平祐と夏彦の会話を聞く間も、滋の筆は画用紙の上を休みなく動いている。

夏彦が座りこんで覗き、なかなかうまいじゃないか、と言う。

「うまいわよね。……宗太くんも、おもしろい絵の描きかたを知っていたものよね」

赤、青、黄色と白の四本の絵の具だけで、色を作りながら描いていく方法を、宗太が滋に教えてまだ間もないが、廊下といわず、階段といわず、滋が描いた絵が貼ってある。

「滋は絵を描くのが、すっかり好きになったわね」

夏彦は、向こうの建物と画用紙のなかの建物に交互に目をやりながら言う。

「おもしろいんだもの。夏彦さんも描く?」

カリンの実

「いや、いいよ。きっと平祐さんは描きたいと思う」

滋が平祐を見上げる。そして訊く。

「描きたい？」

滋のその訊きかたが、平祐にはたまらなく可愛く思えるのだ。気持ちは動いたが、間もなく暮れる晩秋の空を見上げて、今度にするわ、と答えた。

「今度ね、果物を描くとき、教えてあげるよ」

滋が生意気に言うことまで、平祐を嬉しくさせてくれる。

「平祐さん、今度ほんとに教えてもらおうよ」

夏彦がそう言い添えると、滋は満足そうに、

「今度ね」

と頷き、また画用紙に戻っていった。

「果物や野菜はね、できた順に描いていくんだって。宗太にいちゃんは言ってたよ」

「できた順って？」

「だからさあ、苺なんて、さきの尖ったところから、だんだんにできて大きくなっていくでしょ？」

「じゃあ、蔕（へた）のところを最後に描くってこと？」

滋は平祐を見上げて、そうそう、と言う。

「じゃあ、葱はどうするのよ」

「葱だって、おんなじだよ。さきっぽの青いところからだんだんに土のなかから出てくるから、下に向かって描いていけばいいんだよ」

平祐は夏彦に目をやってから、悪戯を思いついたように、

「じゃあ、切った西瓜は？」

そう訊いた。

「すぐに食べられるように切った西瓜？」

「そうよ。切ってしまったら、どこからできていったのか、わからないでしょ？　そういうときは、どうするの？」

平祐は、自分の思いついた意地の悪い質問が気に入った。滋を困らせてみたくてたまらない。

しかし滋は、そんなの簡単だよ、と言った。

鼻白んで平祐は、どこからよ、と重ねて訊いた。

「がぶって、やるでしょ？」

「がぶって、食べるってこと？」

「うん。あの、がぶってやるところから描けばいいんだって」

滋は絵に関しては宗太を先生としていて、絶対なのだった。平祐の質問も簡単に宗太の教えで断ち切ってしまう。

平祐が肩をすくめて、夏彦に向けて渋い顔をした。

「ぼくさぁ」

画用紙におろした筆を大胆にはこびながら、滋は言った。

「榠樝(かりん)の木、描きたかったなあ。だって、せっかくアパートのもとになった木なんだもの」

平祐は、滋の子どもらしい素直な発想がいいと思った。しかし、叶(かな)えてやることができないので、話は自然に元に戻った。

「まずい実が生る木は、伐ってしまってよかったのよ」

「だけどぼく、まずくてもよかったんだ。絵に描ければいいんだから。……大きな木だったのかな」

「誰も見たひとはいないからわからないけど、平祐さん、榠樝(かりん)ってどのくらいの高さになるものなの？」

夏彦に訊かれたのでは、答えないわけにいかない。

「成木だと、六、七メートルになったと思ったけど」

「うわ、大きな木だったんだね。それじゃ、実もいっぱい生ったよね、きっと」

大人の会話に入り込んでくる滋だった。

「だから言ったでしょ。どんなにいっぱい生ったたって、とにかくおいしくないんだから」

夏彦が、平祐さんの敵みたいだ、と呟いた。

「平祐さんは食べたことがあるの？」

滋が手を止めて見上げる。

「あるわよ。固い実なのよ。それに酸っぱくて、とても生では食べられないわ」

滋はまた平祐が顔をしかめたのを見て、

「いいとこがひとつもないの？」

と、言った。

それは子どもの言いかたに思えなかった。平祐はそうなると、反対のことを言いたくなった。

「そんなことないわ。とてもいい香りがするのよ」

悪口を言っていた平祐が、急に榠樝の味方をするようになったのがわからずに、滋は見上げているだけだった。

「生では食べられないけど、砂糖漬けにしたら、けっこういけるわ。それに蜂蜜に漬けたり、干したものは咳止めによく効くわよ、ジャムもいいらしい」

愛するものを素直に愛せない性癖を、平祐は自分で嫌っていたが、どういうわけか、そうなってしまう。そんな自分を持て余す。

しかし滋は、平祐がそうすることを、自分を一人前に扱ってくれているように理解しているらしい。

「平祐さん、どんな形をした実なの？」

「ずいぶん榠樝（かりん）にこだわるわね。ほら、洋梨って知ってるでしょ？」

「うん」

「あの形をしているのよ」

平祐の言葉を待って、夏彦が横から口を挟んだ。

「今度、果物屋さんで見つけてきてあげよう。たまに、見かけることがあるから」

平祐が洋館に向かって歩きだす。

「寒くなったら、部屋に入るんだよ」

そう言い置いて、夏彦は平祐に追いついた。

「諏訪湖畔では、マルメロのことを榠樝（かりん）って呼んでいるって、なにかで読んだことがあったよ」

「昔は、水田のなかに盛り土をしてマルメロを育てたものよ。あのへんでは独特の風景だったわ」

「平祐さんは、いつそんな風景を見たの？」

平祐は夏彦のそれに答えず、かわりにこう答える。

「マルメロの実はみっしりと毛に覆われているけど、榠樝には毛がないので、すぐにわかるんだけどね……」

部屋のなかは暗かった。夏彦が電気を点けた。

すると平祐はすぐに消して、滋が絵を描いているのよ、と言った。榠樝荘に灯かりが点いたら、滋の絵が困るだろうと平祐は考えたのだった。

「そうだね」

夏彦は静かに言った。

それからふたりは、薄暮のテーブルに向かい合って、黙って座っていた。

だいぶ時間がたって、不意に平祐が立ち上がった。

「夏彦、ほら」

平祐に言われて見ると、滋が男と話しているようだった。

「誰かしら?」

平祐の低い声が心細く響いた。

滋が立ち上がった。それから真っすぐにこちらに駆けてくる。

「平祐さん、夏彦さん」

滋は、交互にふたりの名を呼び続けながら走ってきた。

滋に話しかけた人影はそのまま、落葉して裸木にちかい柿の木の下に立っている。

「平祐さん、夏彦さん」

息せききって駆け込んできた滋は、ドアを開けたところで、またふたりの名前を呼んだ。

「どうしたの？」

平祐が、ことさら静かに訊いた。

滋は戸口から入ってこない。薄暮が後ろからさして、滋の表情が読み取れない。

「あのひと誰なの？」

平祐は、こらえきれずに訊く。

「あのね」

滋が肩で息をしたのがわかった。

「あのおじさん、……ぼくのおとうさんだって」

すぐに腰を浮かした平祐が、そんなことって、と呻くように言った。

「なんだって言ってるの？」

夏彦が滋のほうを振り返らずに訊く。

「おかあさんは、いるかって」

「なんて答えたのよー」

平祐の声はうろたえを隠して、いつもよりさらに低い声になった。

「まだ帰ってきていないって言ったよ。いけなかった？」

滋の答えかたに平祐は胸が塞がれるように思う。まだ六歳の子が、正直に答えてしまってよかったのかどうか、わからずにいるのだ。

「それでいいんだよ」

夏彦が静かに言う。

「わかんない、ぼく」

滋が、抑えきれなくなったような口調で言った。泣きだすのではないか、と思った。

「なにがわからないの？」

夏彦は、平祐の顔を見たままで言った。後ろのドアのところに立っている滋を見ようとしないのは、夏彦は夏彦で動揺を隠しているのだった。

「だってぼく、はじめておとうさんに会ったんだよ」

平祐はこっちにおいで、と滋を呼んだ。そうして言った。

「おとうさんに、間違いないのかしら？」

少し時間を置いて、そうだと思うけど……、と自信のない声で滋は言う。

「それは、恭子さんが帰ってくればわかるよ」

夏彦が言い、滋がそうだね、と頷く。どうしてそれに気づかなかったんだろう、という響きがあった。

「なに？」

夏彦が、滋、と呼んだ。滋は真っすぐに夏彦を見た。

「あのひと、どうしようか」

「え？」

「恭子さんが帰ってくるまで、外で待っててもらうかい？」

部屋のなかは暗かったが、滋が大きく息を吸ったのが、夏彦にも平祐にもわかった。

「あたりまえよね。急に来たんだもの」

平祐は怒りの声で、吐き出さんばかりに言った。

「いいんだね」

夏彦が念を押す。

「遠くから、滋に会いにきたひとだよ」

滋は振り返って、平祐を見る。その肩に、平祐は両の手を置いた。

「お茶をあげなくていいかな」

夏彦の言葉を、平祐は驚いて遮った。

「夏彦ったら、なにを言うのよ。何年も会おうとしなかったくせに、こんな小さな子にいきなり会いにきたのよ。……お茶をいれてやるなんて」

憤慨してそう言う平祐を、滋が見上げていた。

「……ぼく、わかんない」

そしてまた夏彦を振り返った。

「ゆっくり考えてごらん。そのくらいの時間はあるから……」

夏彦の言葉を聞いて、平祐は椅子に座り直した。

「これは滋のことだから、滋が考えたほうがいい」

夏彦が言い、今度は平祐も、そうだね、と同意した。

「あの、ぼく」

不安を抑えているのか、滋は胸に手をやってから言う。

「ぼくもびっくりしたんだから……、おかあさんもびっくりすると思う」

平祐は思わず滋の頭を抱いた。それからゆっくり放した。

「そうだわね」

平祐は柿の木を見やった。つられて、滋も夏彦も伸びるようにして、シルエットになっている男を見た。

落ち着かないのか、男は往ったり来たりを繰り返している。

「ぼく、おかあさんのところに電話する。それから……、あのおじさんに、お茶いれてあげるよ」

そうするか、と夏彦が短く言った。

平祐が訊いた。

「恭子さん、電話入れたら、びっくりしないかしら」

滋が、「そうだね」と答える。それから、

「ぼく、迎えに行ってくる。……帰り道でゆっくり話してあげるよ。そうすればきっと、おかあさんもあんまり驚かないんじゃないかな」

滋の語尾は、いまにも消えそうだった。

「その間、あのひと、どうする?」

滋はしばらく考えてから言った。

「待っててもらう。だけど、桐の部屋じゃなくて、ここを借りたいんだけど」

平祐と夏彦が同時に、いいよ、と言って立ち上がった。

ふたりの返事を確かめてから、滋はまた外に飛び出していった。

影の男に、滋は何事か伝えている。それからこちらに向かって歩きだす。男が滋について歩いてくるのを、平祐も夏彦も見ていた。

「大丈夫だわね」

と、平祐が言って、

「大丈夫だね」

と、夏彦が繰り返した。

そして、どちらからともなく、あとを六歳の子に任せようと心に決めて、寝室に入った。

しかし、ほどなくして小さな手が寝室のドアをノックしていた。ドアを開けると、滋が滑り込んで、ドアを閉めた。

「どうしたの？」

滋が見上げて、緊張した顔を平祐に向ける。

「ぼく、おかあさんを迎えに行ってくる。……その間、あのひとと話をしていてもらえない？」

平祐が夏彦を振り返った。夏彦が頷いて立ち上がる。

滋について大テーブルに行くと、椅子にかけていた男が立ち上がった。

滋が用意したものだろう。テーブルの上に客用の湯飲み茶碗がひとつ、ぽつんと置かれている。

お茶をいれる滋を男はどんな思いで見ていたのだろうか、と平祐は想像した。

「宇田川誠一（うだがわせいいち）です。突然にお邪魔しまして……。この子の父親です」

それを聞いて平祐も夏彦も、恭子が離婚と同時に旧姓に戻していることを思い出した。恭子らしい、けじめのつけかただと改めて思う。

平祐と夏彦はそれぞれに名乗り、テーブルについた。

「いいよ、行っておいで」

夏彦は滋に言った。滋が小さな頭をこくりとさせた。心細そうな顔が、平祐と夏彦になにか言いたそうにしている。

夏彦が安心させようと微笑みかけて、お話しているから、と言った。

振り返ると、滋は数歩駆けだした。が、すぐに気づいて静かに歩いていく。玄関のドアもそっと閉めたのだろう。いつもの音が聞こえなかった。

そしてすぐに、門までの道を足早に行く滋の姿が見える。

夏彦も平祐も、滋が通りに姿を消すまで目で追った。


宇田川誠一は硬い表情をふたりに向けて、どういう意味なのか、すみません、と消えるような声を出した。

「お医者さんの仕事はいかがですか？」

夏彦が訊いた。言外に、滋や恭子から話を聞いていることを匂わせた。

「は、忙しさにかまけて、来ることができませんでした」

「いえ、そういう意味じゃなくて、……仕事は順調ですか？」

夏彦は訊きかたを変えた。

宇田川が滋たちをずっと訪ねて来なかったことを、夏彦には責める資格がない。単純な社交辞令の言葉と伝わればいいのだ、と思った。

「あの、恭子母子とは、どういうご関係でしょうか？」

宇田川誠一は、自分の不審を生にぶつけてきた。

夏彦が平祐の顔を見た。平祐が「家族だ」と答えるだろうか、と思ったのだ。

しかし平祐は、

「恭子さんたちから、お聞きになるといいわ」

そう言っただけだった。

平祐が、奥さんは元気ですか？　と訊く。

宇田川は深く息を吸って、はあ、と曖昧(あいまい)な答えを返した。するとすぐに平祐は、おかあさんは元気ですか？　と重ねて訊いた。

宇田川はまた、はあ、と答えた。

目の落ち着かない男だと、夏彦は思った。それから、あの恭子がこの男と結婚したのはどういういきさつだったのだろうと考える。

平祐は、所在なく座っていることに耐えられなくなったのか、立ち上がってホールに出て、滋が描いた何枚かの絵を剥(は)がして持ってきた。

「これはみんな、滋くんが描いたんですよ」

平祐の声は滋を自慢している、と夏彦は思う。

また、はあ、と宇田川は言って、庭に目をやった。

ちょうど門柱から恭子が滋の手を引いて現れたところだった。特別に急ぎ足ではなく、いつもの恭子だった。

滋は大テーブルの三人を透かし見るようにして歩いていたが、恭子はまったくいつもと変わらないように見える。

やがて、恭子と滋がダイニングに現れた。

「おかえり」

「ただいま」

そこまでも、いつもとまったく変わらなかった。

ようやく恭子は、宇田川誠一に向き直る。

「いらっしゃい」

宇田川は、ああ、と頭を下げた。それを機に、平祐と夏彦は立ち上がった。するとすぐに恭子が、

「いっしょにいらしてください」

と、ふたりを止めた。

宇田川が気弱い声で言った。

「三人だけになれないだろうか」

「どうしてですか?」

恭子が訊いた。

「どうって、滋ときみとぼく、……親子だけで話をしたいんだが」

癇性な男だ、と夏彦は思った。懸命に隠そうとしているのだろうが、いちいち眉間に筋がたつのでわかった。

「わたしの気持ちは、お伝えしてあります。離婚のときに、決着がついていることではありませんか?」

恭子は、無駄のない言いかたをした。

宇田川は、夏彦と平祐が気になって、言いたいことが言えないようだった。

「あのときとは、事情が変わったんだ」

「どんなふうにでしょうか?」

「そのことを、だから三人で話したいんだよ」

「このおふたりの前で話せないことなら、三人になっても、わたしは聞きたくはありません」

「このかたたちとは、どんな関係なんだ？」

「ずっと滋が可愛がっていただいてきましたし、このかたたちのおかげで、滋は素直ないい子に育っています」

恭子は、夏彦と平祐にやさしい笑いを見せた。

「しかし、どんな関係かを言ってもらわないと困るよ」

宇田川が少し荒い口調になった。

そのときだった。ずっと黙っていた滋が、

「家族だよ」

ぽつりと呟いた。

「家族だって？」

宇田川は、今度は滋に訊いた。

「そう。家族なの」

滋は同じことを繰り返した。そして、そうだよね、と平祐と夏彦に同意を求めた。頷く平祐は嬉しさを隠しきれていなかった。

「家族って、どういう家族なんだ」

宇田川は、癇性な問いをした。

「栃木にいたときより、ずっとつよい家族です。この家族のなかで、わたしも滋もずっと自由ですし、それにいい関係でいられるんです。……家族という関係のなかでは、相手に対する配慮がなければいけないのではないでしょうか」

「……」

「きょうのように唐突に、あなたと滋が会うのではなく」

恭子が話すのを手で止めて、宇田川が言った。

「きょうは、様子を見るだけで帰ろうと思っていた。……しかし、滋だと思うと、たまらなくなって……。偶然なんだよ」

宇田川は、平祐と夏彦と恭子を次々に見て、訴えるような口調で言った。

この男は、滋を、大人の思惑ひとつでどうにでもなる子どもとしかとらえていない。平祐には、なによりもそれが腹立たしい。

たしかに滋は六歳の子どもだった。しかし、子どもにも自分にかかわることを自分で考え、選んだり捨てたりしていく権利はあるはずだった。宇田川は、そんなことを考えたことなどないのだろう。平祐はそう思う。

そこのところが恭子とまったく違うのではないか。そうも思う。子どもの言い分に耳を傾けようとしない宇田川の、こんなところが問題なのだ、と平祐は考える。

宇田川との結婚生活がどんなものであったか、恭子はなにも言ったことがなかった。が、宇田川の子どもに対する考えかたを見れば、だいたいが想像できる。平祐はそんなふうにも思った。

恭子は、宇田川の言葉が途切れるのを待って言った。

「滋とは、ずっと、会わずにきたんですよ。それが、ご自分の気持ちだけで飛び出してきたら、滋はどうなるんですか？　急に目の前に現れたひとが、おとうさんだよ、と言ったら……。滋の動揺を少しも考えてくださらないで、ご自分の気持ちだけを訴えるやりかたは……」

落ち着いた声だった。

しかし、と宇田川は言った。

「この子は、まだ六歳だよ。六歳の子どもの考えは、まわりのこれからの注意の仕方ひとつで、どうにでもできることじゃないか」

恭子は首を振って、そうでしょうか、と言った。

「きょうも、このおふたりがいたから、滋は、ぎりぎりのところで自分で考えることができたんだと思います。ショックを受けながらも滋が自分で考えて、しかも、わたしのことまで思いやるまでに、立ち直れたんだと思います。……六歳の子どもに、いままでの記憶になかった父親が突然現れたショックを、どうか想像してください」

恭子は興奮していなかった。むしろ淡々とした口調で話している。その口調のどこにも恨みがましい響きはなかった。

そんな恭子が、平祐には宇田川よりもずっと大人に見えるのだった。

三歳の滋を連れて榠櫨荘（かりんそう）に移ってきた頃、恭子は迷子になった小さな女の子のようだった、と平祐は思い出す。頼りなげで、うつむき加減な女だった。平祐の毒舌に慣れなくて、いまにも泣きそうな顔をしたものだ。

「男でも女でも、わたしは不幸ですって顔をしたのって、わたし、ちょっと苦手なのよ。多幸症もうっとうしいけど、自分から不幸を手招きして、背負わなくてもいい不幸まで率先して背負ってるみたいで、なんだかちょっと苛（いじ）めてみたくなってしまうのよ」

平祐にそう注意されたこともあった。あの恭子が……、と平祐は目を見張るような思いを味わっていた。

「わたしたちが、なぜ離婚したかも、滋には話してあります」

恭子はあくまでも、誠実に話そうとしている。それが平祐にはよくわかった。

「一度として、わたしだけが正しくて、あなたが間違っていたというふうには話してきていません。それは、大人が大人の身勝手で植え込むことではなく、滋が自分で考えることだと思ったからです」

そこまで言って、恭子は平祐を、そうして夏彦を見た。

「そうすることを、わたしは、このおふたりから学んだのです。……自分の都合だけでやってはいけないことがある。子どもがどんなに小さくても、そこのところを押さえて生きることを、おふたりからわたしは教わったんです。……子どもが幼いと、ともすると忘れてしまうことですが」

平祐も夏彦も、こんなに話す恭子を知らなかった。それは、滋も、そして宇田川でさえ知らないことだったのではないか。平祐と夏彦はそれぞれに、しかし同時に同じことを考えていた。

平祐も夏彦も、宇田川の現在の妻のことを、むしろ気の毒に思っている恭子を知っていた。

「法律的には、この子に対するすべてを、わたしが持っています。……けれど、わたしはそれを盾にとる気はありません。それを盾にすれば、当面は乗り切れるだろうということも知っています。……けれど、それだって滋の心のうちまでは入り込めないと思うからです。……将来、滋があなたを選び、わたしから離れていくことがあったとしても、それはそれで仕方がないことだと思っています。あくまで、この滋の選択することですから。……子どもの心が、大人の考えでどうにでもなる。そういうふうには、わたしは思っていません」

平祐も夏彦も、滋が幼いときから、父親の悪口を少しも言わずに育てた恭子を知っていた。はじめから憎む対象を滋に作ってしまうことを、恭子はおそれていたのだろう。

「わたしがお話したいことは、それだけです」

恭子は、一気呵成にそこまで話した。それから、

「お話があるのでしたら、どうぞ」

宇田川を真っすぐに見つめて、静かな口調で言った。

しかし宇田川は黙ったままだった。宇田川の視線は、滋がいれたお茶が冷めるままになっている湯飲み茶碗のあたりをさまよっている。

平祐と夏彦もまた違った意味で、恭子に圧倒されていた。

榠樝荘の住人のなかでは、もっとも控えめな恭子だった。なにに対しても、少し引いてしまうところがある恭子でもあった。もう少し自己主張したほうがいい、と引っ越してきた当初、高山恵理子に注意されたこともある。

その恭子が、と平祐と夏彦は顔を見合わせる。

滋の小さな手が、平祐の肩にのった。平祐は、可愛いその重さを肩で確かめる。

「恭子さんって、素敵だね」

いますぐにここで滋にそう言ってやりたい気持ちを、平祐は持て余している。

突然、宇田川はふっと立ち上がる。それから首を倒して、無言のまま玄関を出ていった。

「はじめから終わりまで、礼儀を知らないひとだったわね」

しかし平祐は、肩に置かれた小さな手のために、そうして、かつてはそのひとを夫と呼んだこともある恭子のために、その言葉を吐かずに飲み込んでしまった。

12

窓の外で、高山恵理子の呼ぶ声があった。宗太はベッドから起き上がると、窓辺に駆け寄った。

宗太と目が合うと、恵理子は「あそこ」と指さした。

門から入ったところに、女の姿があって、こちらに向けて挨拶をしている。

「あのかたが、お話をしたいって。……節子と言えばわかるはずだって」

恵理子がそう言ったので、父の宗之に御茶ノ水のホテルで紹介され、食事をしたひとだだと、宗太は思い出すことができた。

宗太はゆっくりと階段をおりていった。

玄関ですれちがった恵理子は、大テーブルを使う？　と訊いた。

「外に行くから」

宗太は、恵理子に礼を言ってスニーカーを履いた。恵理子が、それ以上にいろいろ訊かないでくれることが嬉しかった。

「ごめんなさい」

節子は、宗太と目が合うとすぐにそう言った。

「このあいだ、ゆっくりとお話ができなかったので……」

宗太が黙っていると、節子はさらに、ふたりでお話をしたかったのでとつけ加えた。

それには答えずに、宗太は、外に行きましょうと言い、歩きはじめた。

「あの」

節子が後ろでそう言った。宗太は振り返った。

「夏彦さんというかたにもお会いしたいんだけど……」

「夏彦さんに会うように、父に言われてきたんですか？」

「いいえ。いつもあのひとが夏彦さんのことを話すので……」

宗太は再び振り返ると、かまわずに歩きだした。節子が慌てて追いかけてきた。門のところで節子は、素敵なところなのね、と庭に目をやりながら言った。

宗太は素直に自分の気持ちを言った。

「こんなところないですよ」

「武蔵野がここだけ取り残されたみたい」

「夏彦さんの庭園って言うんですよ」

そう説明しながら、心のうちで、こんなところないです、と宗太は繰り返した。

おそらく節子は、都心にこんな場所がまだ残っていたのだと受け取っているだろう。しかし自分が言いたいのは、もっと精神的なことなのだ。宗太はそう考えて、そのことを理解させることはできないだろうと思った。

「さっきのかた、どなた？」

節子が訊いていた。

「高山恵理子さん」

名前を聞きたいのではない、と宗太はわかっていた。

「どういうかた？」

「どういうかたって？」

節子がなにを知りたいのかは想像がついている。それなのに宗太は、型通りに訊き返した。

「あなたとどういう関係なの？」

そういうことを知りたいひとなのだ、と宗太は思う。それから、平祐ならどうするだろう、と考えた。

「そんなこと知ってどうするのよ！」

「ひとのことに、そうずけずけ入り込むものではないわよ」

そんな平祐の言いかたを想像した宗太に、自然に笑いがこみあげてきた。

黙って歩く宗太に、節子がまた訊いた。

「高山恵理子さんは、あなたとどういう関係なの？」

思った通りだったので、宗太は笑いを嚙みしめた。

「同じ榠樝荘（かりんそう）に住んでいるだけです」

宗太はそう答えた。

しかしすぐに、そんなものではないと心のなかで打ち消す。自分で答えておきながら、言葉にすると、あまりに味気ないことになって寂しかった。

そんな簡単なものではない！　そう叫びたい気持ちが強くなっていった。

宗太は立ち止まった。そして怒ったように節子を見つめた。

節子が驚いて、宗太を見上げていた。それはほんの僅かな一瞬だった。僅かな一瞬に、宗太のなかで考えが変わった。

「榠樝荘（かりんそう）に住んでいることが特別なのだ。一緒に暮らしていることが特別なのだ。こんなところはふたつとないんだから」

そう考えながら、宗太はまた黙って歩いた。

「やっぱり、宗太さんのいいひとなんだ！　そうでしょう？」

節子が見当違いの誤解をはじめていた。このひとは、そういうふうにしか考えられないひとなんだ……。宗太は、出てこなければよかったと後悔していた。

「そうだと思ったわ。……わたし、そういうことには自信があるの」

節子は勝手に話をつくって、勝手にすすめていく気だろう。

「恭子さんなら絶対にそうしない」

宗太は、急に浮かんできた思いに戸惑った。なぜここに恭子が出てくるのだろう、と思った。

「話ってなんですか?」

自分の心を隠すために、宗太は節子に訊いた。

「いろいろ、宗太さんのことが知りたくなったの」

「どうして?」

「だって、宗之さんと結婚したら、わたしたち母子になるのよ」

顔を見ている節子を感じていた。しかし宗太は、真っすぐ前を見て歩いた。

「結婚するんですか?」

べつに結婚なんかしなくても、と父の宗之は言っていたように宗太は記憶していた。

節子はしかし、そうよ、と答えた。それから逆に訊いてきた。

「このあいだのホテルのこと、覚えていないの?」

「覚えています」

「だったら、そういうことだったでしょう？」

宗太は、このひとは、と考えた。自分の言いたいことしか考えず、自分の考えの通りにしかすすめていかないひとなんだ。恭子さんとはまるで正反対のひとなんだ……。

「きょうのこと、父は知っているんですか？」

「いいえ。……だって宗之さんはお仕事ですもの」

父に無断で来たことは想像した通りだった。

「それに、母子になるんだもの、別に宗之さんの許可なんていらなかったでしょ？」

宗太は思わず笑った。

「そうでしょう？　いちいち許可をもらって会うなんておかしいでしょう？」

宗太が笑ったのはそういうことではなかった。節子の発想が、あまりに短絡的なのがおかしかったのだ。

「ぼくは、あなたと母子にはなりませんよ」

「どういうこと？」

「あなたと父が結婚したって、父は父。ぼくはぼくです」

節子が笑って言った。

「それはそうだわ。そしてわたしはわたし、でしょ？」

宗太は苦笑するしかなかった。

「あなたと父が結婚したとしたって、ぼくは関係ないんです。……それは父とあなたとのことなんですから」

そんなことを、節子に説明することもないのだと宗太は思った。そういった柵(しがらみ)には絶対に入らないのだ、と言いたかったのだ。

「宗太さん」

自分の名前が呼ばれていた。節子が喫茶店の前で立ち止まっている。

歩いているほうがいい。そうしてぐるっと回って、榠樝荘(かりんそう)のところで別れよう、と宗太は考えていた。

「お茶を飲みましょう?」

仕方ない、と宗太は思った。これっきりにすればいいのだから。そう宗太は考えた。

宗太と節子は喫茶店に入って、窓際に席をとった。

「なんにする?」

節子が訊いたが、宗太はウェイターに直接、ブレンドと告げた。

「それだけでいいの?」

宗太は黙って頷き返す。

いろいろ迷った末に、節子は、お紅茶、と注文した。

歩いていればよかった、と宗太はすぐに後悔しはじめる。節子と向かい合って座っていても、話すことなどないのだった。

「宗太さんは大学を卒業したら、宗之さんの家に帰ってくるんでしょう？」

節子が訊いた。

「たぶん、あの榠樝荘にいることになると思います」

「あら、どうして？」

「いちばん居心地がいいんです」

目の前の節子が、不満を化粧の下で処理してから言った。

「これからは、宗之さんの家で食事をするようになるし、あそこだって素敵になるわよ」

節子が言うあそこというのは、どこだろう。宗太は思った。

「宗之さんの大学も近いし、……おじいさまたちの家も近いから、お食事をみんなでとることだってできるわ」

節子のシナリオは、着々と完成に近づいているようだった。

「ぼくは、……行きません」

そんなことを節子に伝えることはないのに……。言ってしまってから宗太は気づいた。

「どうして？」

「だって、ぼくには榠樝荘があるし……」

節子が首を傾げた。

「もう、いままでと変わるのよ。宗之さんのところも家庭らしくなるわ」

「父とふたりでやっていったらどうですか。ぼくは、榠樝荘にいますから……。ぼくを入れずに考えていってください」

「遠慮しているの？」

とんでもない、と思わず言いそうになって、宗太は遠慮なんてしていません、と言い切った。

「父とあなたの計画から、ほんとに、ぼくをはずしておいてください」

節子が膝の上でハンカチを強く握りしめて、あなたは家庭の味を知らないからと突然に言った。

「どうして、そんなふうに思うんですか？」

「おばあさまが言っていたわ、いちばん大切な時期に、宗太さんは家庭の味を知らないで過ごしたからって」

あまりに嚙み合わないので、宗太は少し苛つきはじめていた。

「家庭の味なんて……」

聞きつけて、節子は言った。

「あなたをそんなふうにしてしまったのは、残念だわ。だから今度は、家族の団欒を充分に味わってもらうわ」

宗太は両手をひろげて、節子を押しとどめた。

「ぼくは、それが苦手なんですよ」

「……」

「ぼくが選ぶことのできない家庭の味なんて、うんざりですよ。おじいちゃんとおばあちゃんのお気に入りをやり、おふくろを悲しませないように気を遣うのは、もうまっぴらなんです」

節子は口を開けたまま、宗太を見続けている。

「それに、どうか、ぼくの母親になろうなんて思わないでください」

「あの……」

節子はなにかを言いかけた。

「あなたは、父とあなたの幸福を考えてください。ぼくは、ぼくでやっていきます。……それに、ぼくには愛情が欠けているなんて、思ってほしくないんです。ぼくには、……愛情が多すぎたんです。もう、減らしていかないと。愛情はビタミン剤みたいなもので、多すぎても、みんなオシッコになって流れてしまうと思っているんでしょう。けど、ビタミンが多すぎるとホルモンの異常をきたすみたいに、愛情も過剰だとだめなんですよ。祖父母も母も、過剰な愛でぼくを窒息させただけです。ぼくもみんなの愛情に応えすぎました」

宗太は一気に喋(しゃべ)った。

「だからお願いです。もう、ぼくのことなんて考えないでください」

宗太がいちばん言いたかったのは、こうだった。

「ぼくは、愛されるより、愛したい。好きなひとに好きだと言えればいいんです」

しかし宗太はそれを言わなかった。恭子のことを考えただけだった。

「父のことだけを考えてくれれば、それでもう充分です」

祖父母と母が諍いをはじめると、いつの間にか父が消えていたことを、このひとは知らないのだろう。宗太は思った。

「言いにくいけど、言っちゃいます。……今度、ぼくのところを訪ねることがあったら、ぼくの都合を聞いてからにしてください。……それに、ぼくのことを知ろうなんて思わないでください。ぼくは、ぼくが認めたひとにしか、ぼくを知ってほしくないんですよ。……みんなに知ってほしいなんて少しも思っていません」

節子の顔が歪んだように思った。しかし宗太はそれを確認できなかった。節子が立ち上がって出ていったからだ。

節子の頼んだ紅茶に薄いミルクの膜がかかっている。

宗太はしかし、少し後悔していた。祖父母や母に言うべきことを、節子に言ってしまったようで、後味が悪いのだった。

宗太はぼんやりと暮れなずむ街に目をやっていた。

そのときだった。雑踏のなかに、恭子を見たように思った。ほとんど腰を浮かしかけた。しかし、恭子の姿をとらえることはできなかった。

どうかしていると思って、宗太は浮かせていた腰を落ち着かせた。

錯覚だと思い直したときに、恭子が目の前にいた。喫茶店のガラス窓を軽くたたいている。

「どうして」

恭子がドアを押して、喫茶店に入ってきた。恭子は宗太の席を見下ろして、しかし座ろうとしなかった。

「その席、もう帰ったんです」

宗太は、前のティーカップの説明をした。

恭子は大きく頷いてから、友だちと待ち合わせているの、と言った。

宗太は意外な気がした。榠樝荘（かりんそう）と小児科医院をただ往復しているように勝手に思い込んでいただけに、恭子が友だちのことを言うのを予想できなかったのだ。

「もう、来ているんですか？　お友だち」

「そうなの」

恭子は少し考えるように言ってから、紹介するわ、とつけ加えた。

恭子が店の奥に向けて手を振った。いちばん奥の席にいた男が立ち上がって、両手を広げて恭子に応えていた。

恭子が招くように手を振り直すと、男はもっさりと歩いてきた。

宗太はからだの奥がしんと寂しくなるのを感じた。一度も経験したことのない感じだった。

「いやあ」

男は、意味不明な大きな声を上げた。

恭子が榠樝荘で見たことのない笑いをするのを、宗太は知った。

「こちら、朝永宗太さん。こちら、百瀬駿さん」

宗太は自分より一回り大きな男に、よろしく、と両腕をとられた。

寂しい気持ちがより強くなった。

恭子と百瀬駿が、宗太の前に座った。

「仕事が遅くなったから、帰っちゃったんじゃないかと思って覗いたら、目の前に宗太さんがいるんじゃないの。びっくりしたわ」

恭子はそう言った。いつもより明るい声を聞くように思った。それに、もうそのひとことで充分だった。

恭子が百瀬という男と、すでに何度かこの喫茶店で待ち合わせたことを、宗太は知ったのだから。

13

平祐のアトリエから、はじめに子どもたちが出てきた。続いて平祐が現れて、大テーブルに座る夏彦にウィンクしてみせた。

「あの板ってさ、木で立っていたときは、どのくらいの大きさだったの?」

そう訊いたのは、ツトムだった。

「きっとこのくらいよ」

陽子が滋と両手をつないだ。それでも小さいと思ったのだろう。陽子はツトムの手もとった。もう片方のツトムの手を、滋は摑んで大きな丸い輪にした。

「ね、これくらいでしょ?」

陽子はアトリエから出てきた平祐に訊く。

「それくらいよ」

平祐の言葉に、陽子がほらね、といった目で滋とツトムを見た。

父親参観日に出会った滋のクラスの子どもをふたり、平祐はアトリエに案内したのだった。

「おじさんひとりで、家具を作っちゃうんだね」

ツトムは感心したように平祐を見上げた。

「えらいわよね」

そう言ったのは陽子だった。

「えらいだってさ」

平祐が小さく呟いた。それを、滋は聞き逃さなかった。

「わたしね、いっぺん滋くんのうちに遊びに来たかったの」

陽子は平祐の手をとって言った。

「ぼくなんか、もう来たくて来たくて……」

ツトムはいくらか興奮しているようだった。

「だってね、こんな変なうち、あんまりないんだもの」

夏彦は平祐がなんと言うだろうと思うと、おかしかった。平祐がほらね、というように夏彦を見た。

「変なうちだって」

滋は、ツトムの意見に不満を見せて、平祐に訴える目つきをした。

「どう変なのかしら?」

平祐は子どもたちに訊き返す。

「だってさ、ぜーんぶ名前の違うひとが住んでるでしょ?」

陽子が言うと、ツトムがすぐにつけ加えた。

「ここは、アパートだからだって、おかあさん言ってたよ。仲のいいアパートなんじゃないのって」

「いまどき、こんなに庭の大きいうちってないじゃない?」

都会の子どもの中にある大人の価値観を、夏彦は陽子の言葉に聞く思いがした。

「大人はいっぱいいるのに、子どもは滋くんひとりだろ」

「そうだよ」

「いいなあ」

平祐にまつわりつきながら、子どもたちはてんでに話していた。

「いいよな、滋くんは」

ツトムがまた言った。

「ぼくなんか、ママが帰ってくるまでひとりだよ」

「ツトムくんち、パパいないんだよね」

陽子がしたり顔で言った。

「うん、いないよ。離婚したんだもの。……滋くんのうちだって離婚したんだよな?」

「そう、ぼくんちも離婚したんだよ」

「それなのに、こんなににぎやかな家に住んでいるんだもの。うらやましい」

「うちは離婚してないわよ。だけど、やっぱり一度はこんな変なうちに住んでみたいわ」

陽子の言葉に、また滋は夏彦を見た。変なうち、と言われることに不思議な思いをしているようだった。

「ね、また来ていい？」

陽子が平祐に訊いた。ツトムは平祐を見上げただけだった。

「だめ、よ」

平祐はにべもなく言った。

「どうして？」

「お願い。また来させて」

ツトムは平祐に手を合わせた。

夏彦は声を出して笑った。

「だめよ。だって子どもっていうのは、抑えがきかないんだもの」

夏彦の顔を見て言う平祐が、すっかり楽しんでいるのを、夏彦は知っていた。

「抑えがきかないって、なに？」

ツトムが滋に訊いた。

「我慢できないことよね？」

陽子が代わりに答えた。

「そうよ。我慢できないこと。あなたたちに毎日来られてごらんなさい」

「……」

「わたしはお仕事ができなくなっちゃうもの」

「……」

「それに、うるさくされたら、木の話が聞けなくなっちゃうもの」

滋がいたずらっぽい目で、夏彦を見ている。平祐と友だちのやりとりを、大人ぶって聞き流しているように見える。

「いいよな、滋くんは」

ツトムは、何度目かの羨望を言ってから続けた。

「ふたりってのは困りもんだよ、おじさん」

「どうして？」

「だってね、ふたりしかいないと、すぐに煮つまっちゃうんだ」

平祐が吹き出して、どう煮詰まるの？　と訊いた。

「茹ですぎた卵になっちゃうんだよ」

「なにを言うのかと思ったら、まあ。生意気よ、ツトムは」

平祐は呆れた声を出した。

「だけど、ぼくは半熟卵が好きなんだよ。だって、茹ですぎたら、ポソポソになって食べにくいんだもの」

しばらく黙っていた陽子が、あなたバカね、とツトムに言った。

「どうして?」

「卵っていうのは、コレステロールが高いんだから」

平祐がへなへなと崩れてみせて、大テーブルに座り込んだ。

「なんだよ、コレステロールって」

ツトムは、陽子がわけのわからないことを言うやつだと、向きになった。

「早死にの元よ」

「はやじに?　陽子ちゃん、なに言ってるのかわかんないよ。そんな歳で死ぬことなんか言うなよ」

いつの間にか、滋が夏彦の隣に来ていた。

「はやじにってなに?」

「早く死んじゃうこと」

「卵を食べると早く死ぬの？」

滋と夏彦の会話を耳に挟んで、平祐がたまりかねたように叫ぶ。

「そんなことないわよ！……あなたのうちって、どうなってんの！　たしかにコレステロールは問題よ。でも、小学一年の子と家族中でコレステロールの話をしているうちなんて、まともじゃないわよ、まったく」

夏彦が吹き出した。

「もっと子どもらしい話ができないの？　あなたたち」

手元に盛ってあった蜜柑を、子どもたちに放り投げながら、平祐がヒステリックに叫んだ。

「子どもらしい話ってなに？」

陽子がしらけた顔を向けた。ツトムもぽかんとした顔になっている。

「たとえば、どういう話ならいいの？」

ツトムがたたみかけた。

「ばかね、あなたたちって。子どものくせに、子どもらしい話もわからないの？」

ツトムと陽子が顔を見合わせた。

「たとえばよ」

たまりかねて、平祐が言った。

「卵焼きの話ね」

ツトムと陽子がまた顔を見合わせた。

「ツトムくん、卵焼きの話、なにか知ってる？」

「卵焼きの話？」

ツトムが考え込むふりをした。隣で陽子が呟くように言った。

「子どもらしい話というより、なんか、おばさんぽくない？」

平祐が、もうやってられないわ、と夏彦を見た。

そのときだった。

「いちばん小さな卵を産む鳥をなんと言うか？」

台所から出てきたのは、哲郎だった。平祐がほっとしたように言った。

「哲郎さんのほうが、よっぽど子どもらしくて可愛いわよ」

子どもたちは、すぐに答えを知りたがった。

「ハ、チ、ド、リ」

「ハチドリ？」

「そう。この鳥でいちばん小さい種類は六センチぐらいしかないいんだけど、すごいぞ！」

陽子とツトムは、新たに現れた大人に興味を移した。

「どう、すごいの？」

そう訊いたのが、陽子だった。哲郎はテーブルのうえの香炉を取り上げて、前後に移動させながら、

「ハチドリは前進、後進、それに空中で静止しちゃうんだよ。それで、静止して細長い嘴で花の蜜を吸うの」

「へえ、鳥のくせに蝶々みたいだ」

陽子が言った。

あんたは、子どものくせに年寄りみたいだ、と平祐が小さく言った。聞き流してツトムが訊く。

「ねえ、ハチドリの卵って何センチぐらい？」

「いちばん小さいのは一センチ弱ってところだな」

哲郎がよく太った親指と人さし指を一センチの幅にした。

「へえ、一センチだって」

子どもも三人も哲郎を真似て、指さきで一センチを作った。

「じゃあ、地球上でいちばん大きい鳥の卵はなーんだ」

そう訊いて、哲郎は蜜柑を皮ごと齧った。

「ダチョウじゃないの？」

平祐が自信なさそうに答えた。

「ピンポーン。これは十五センチ以上の卵を産みます」

「だめよ、子どもの問題に大人が答えちゃ」

陽子が平祐に抗議をした。平祐は、そんな陽子に、ベーをしてみせる。

「それでは、二番目に大きい卵を産む鳥はなんでしょう」

哲郎は、陽子とツトムと滋、それに時々は平祐がいろいろな鳥の名前をあげるのに、いちいちブーとブザーを真似た。そして言った。

「オーストラリアに棲んでいるエミューの卵が十四、五センチくらいあるそうだよ。濃いブルーグリーンの卵だそうだ。それからやはりオーストラリアやニューギニアに棲むヒクイドリが大きくて、十二、三センチの卵を産むんだって」

そう説明する哲郎に平祐が言った。

「あなたって、意外な才能を持ってるのね。どうしてそんなこと知ってるの？」

この間仕事で調べる必要があったものだから、と哲郎が正直に答えた。

「ダチョウやエミュー、それからヒクイドリ、それにレア、キーウィというのは、みんな飛べない鳥で、走鳥類って言うんです」

「走鳥類？」

「ダチョウなんか体重が百五十キロにもなるそうですから、重くて飛べないんでしょうね。代わりに時速七十キロ近いスピードで走るんだそうです」

「なるほどね」

「走鳥類でいちばん大きかったのは、エピオルニスといって、ダチョウの二倍の長さの卵を産んだそうです」

「エピオルニス」

平祐が言うと、子どもたちも真似て、エピオルニス、と言った。

「象鳥と日本では訳していますが、卵は三十センチを超え、殻は四ミリの厚さがあったと言います。約三百年前まで、マダガスカル島で生きていたと言いますから」

ツトムが三十センチのボールぐらいの大きさを両手で作って、大きい卵焼きができるよね、と陽子の賛同を得ようとした。しかし陽子は、やっと子どもらしい話になったわ、と憎らしいことを言い、平祐の横睨みにべーで対抗するのだった。

14

「女性の本なんて、売れないいんだそうじゃないの」

多香子は恵理子のグラスにビールを注ぎ足しながら、気になったことを口にした。

「いいんです。売れなくたって、まったく一冊も出ないってことはないと思うもの」

多香子に、恵理子が小さく笑いかけた。

「でも、食べていけるの？」

「そんなに贅沢するわけじゃないし」

「夏彦さんが、わたしに手伝うように言うのよ。相談にのってあげたほうがいいって。わたし向きの仕事だって」

恵理子は、夏彦が言ったと聞いて、意外な気がした。恵理子の知っている夏彦は、誰かになにかを勧めたり、やめさせたりといったことをしないひとだった。

それを伝える多香子にも、恵理子は奇妙なものを感じていた。ひとの考えを聞きそうで聞かない多香子だったからだ。

ひとになにかを勧めることのない夏彦と、ひとに勧められても動かない多香子が、その気になっているらしいことが、恵理子にしてみれば不思議だった。

恵理子の父も母も、恵理子が知っている限り、仲のいいことがなかった。よるとさわると喧嘩だった。

父にも母にも恋人がいるらしいのに、ふたりは離婚を考えようとしなかった。冠婚葬祭のように夫婦でなければならないところでは、必ずふたりは一緒だった。他人には夫婦の形を見せてきたが、こんなに憎めるものかと思うほど憎み合って暮らしていた。

「離婚をしたら、あっちを幸せにしてしまうじゃないか」

そのことを恵理子は、父からも母からも聞いていた。これはこれですごい哲学だと、恵理子は思って聞いていた。しかしだからといって、納得できるようなものではなかった。

「愛することの反対は憎しみではない。愛することの反対は、無関心だ」

そういうことを知ったのは、書店に勤めはじめてすぐだった。しかし、父と母は無関心をではなく、憎しみを選んで暮らしていた。

少女の頃、恵理子は何度、自分の出生を呪(のろ)ったことか。

父と母は、みずからは憎悪を選びながら、ひとり娘の恵理子には無関心を続けた。恵理子は父にも母にも愛された思いを持たなかった。

母の弟の元倉稔がいなかったら、あるいは恵理子はサチのように生き続けることができなかったかもしれない。そう思うことがある。

美しい母は、恵理子の身長が百七十八センチもあることと足が大きなことを、まるでおぞましいものを見るように唾棄し続けた。

「そんなに背が高くて、みっともない。男たちは誰も、きっとおまえを愛することはないだろう。だからおまえは、結婚して食べさせてもらうなんてことは考えないことだよ」

母は母の処世訓から導き出した結論で、恵理子がひとりで生きていける道を探すように言い続けた。母に言わせれば、魅力のない女だけが、そういった道を探す必要があるということだったのだろう。

しかしあるとき、叔父の元倉稔に紹介された城田多香子は、母が言い続けた女ではなかった。次々とみずからの道を拓いて生きてきた魅力的な女だった。

「いつまでも両親のもとで暮らしてはいけないわ」

多香子は初対面のときに、すでにそう恵理子に言った。

「女が、家を選べないなんていうのも嘘ね」

多香子は、家や女についての神話を簡単にひっくり返した。

「いつも誰かに選んでもらおうという生活をするんじゃなくて、あなたが選ぶ生活をやっていかないとね」

多香子が眩しく見えだすのに、時間はかからなかった。

「あなたは自分の家を呪っているようだけど、おかげであなたは、自分の家に縛られないですむでしょう？　早くに家を出ることができるじゃないの」

多香子にそう言われたとき、恵理子は解き放たれたようにらくになった。

「もう、不遇な出生を呪わないでいいのだって思わなくちゃ。たいていのひとは中途半端な幸せを捨てられなくて、結局、同じような中途半端な幸せどまりだわ。家を早く離れることができるって、とてもラッキーなことなのよ」

そう考えると、恵理子はもう母に言われることが気にならなくなった。逆に母を気の毒だと思うことが多くなった。沢山の柵から離れられない母が、哀れに思えてくるのだった。

多香子からは、沢山のものをもらったと恵理子は思う。多香子語録ができるほど、なにかの拍子に多香子が洩らす言葉は新鮮で歯切れがよかった。

「女はあるがままで美しい。そういうひとたちがいるわ。……それは、女はこうでなくてはいけない、という社会の足枷に対して、確かに有効なフレーズでもあるわね。でも、考えてみて。あるがままに胡座をかいて開き直って、変化も成長もしない……。そんな、あるがままをわたしは素敵だとは思えない。歩幅は少し無理してでも広くとったほうがいいわ。でないと、つい無難なほうに、小さいほうに行ってしまうから」

「他人を支配するな。自分の体形ぐらい自分で支配しろ」

　稔と出会ったスポーツクラブにいまでも通う、多香子の口癖だった。

「アメリカのフェミニズムは、中産階級の女の欠伸から生まれたって揶揄するひとがいるわ。もしそれが真実なら、わたしは彼女たちの欠伸に感謝する。もしそれが新しい思想を生み出すなら、退屈も欠伸も大いに結構。その伝で言うなら、マルキシズムは中産階級の男たちのオナラから生まれたのかもしれないじゃない？」

「気に入った言葉を見つけたわ。……わたしの許可なくして、わたしを理解してはならない。いいでしょ？　たいしてわたしを知りもしないひとに、あなたらしいなんて言われると、むっとする。いつ、わたしを理解していいと、あなたに許可しました？　そう訊きたくなるわ」

「わたしは、幸せなひとが好きなの。少なくとも、幸せになろうという意欲を持っているひとが。安いソックスみたいにすぐ踵が擦り切れる、底の浅いペシミズムやニヒリズムは滑稽なだけよ」

「誰と仲良くするって、自分と仲良くするほど難しいことはないわ。自分と仲良くできたら、他の誰とでも仲良くなれる。そう思うときがあるほど」

　小気味のいい啖呵のように次々に飛び出す多香子の言葉を聞いていると、恵理子は自分のなかの古いものが一枚ずつ剥がされていくような爽快感を味わうのだった。

15

毎週恒例の食事会がはじまろうとしていた。

台所に満ちていたうまい匂いと熱さが徐々に冷えて、それは大テーブルのまわりに移っていた。

いつもより参加者が多いせいで、ただでさえ多い取り皿が、テーブルの上に重なっている。

恭子が百瀬駿を連れてきていた。多香子は元倉稔と一緒だった。

大テーブルの上の料理は、どれも大きな皿や鉢にたっぷりと盛られている。

鴨のポトフは大鍋のままテーブルの上にのっている。恭子がじっくりと煮込んだものだった。

鱸と香草のグリルは、百瀬駿が作ったものだった。丸ごとの鱸にバジリコやオレガノ、それにローズマリーやエストラゴンといった香草を振りかけて焼いた荒っぽい料理だった。

公魚のエスカベージュは、夏彦が宗太を指導して二日前に作ったものだった。

大テーブルの上を見渡した平祐が、ため息をついてから、豪勢ね、と言った。

「これだけの料理を外で食べたら、いくらになるかしら」

そう多香子に囁いたのは、恵理子だった。

滋が宗太の耳に小さな口を寄せた。

「おかあさんと並んでいるひとはね、おかあさんが好きなひとなんだって」

百瀬駿のことが気になる滋だった。

「あとで、ぼくの絵を見せていい？」

宗太は、滋の絵だもの、ぼくに訊くことはないよ、とやはり小さく囁き返した。

喫茶店での一件以来、宗太は胸の中に寂しさをずっと抱えているのだった。

「ね、哲郎さん、なにか音楽かけない？」

そう言ったのは、恭子だった。哲郎が立ち上がろうとした。すると平祐が断ち切るように言った。

「恭子さんは音楽が欲しいのね。わたしはいやよ。どこに言ってもなんでもバックグラウンドミュージックがなければいけないなんて、思わないことよ。音楽が煩いことだってあるわ」

平祐が恭子にきついことを言うのは珍しい。みんなは手元を止めて平祐を見ていた。

「音楽は、今夜はないほうがいいわ。みんなが勝手に自分の音楽を聞けばいいわ」

平祐が、宗太の気持ちを言っているのだと気づいたのは、夏彦だけだったろう。平祐ほど、ひとの気持ちに敏感な男はいない。夏彦はそう思っている。平祐がいつになく邪険になるときにはかならず傷ついた誰かがそこにいるのだった。

食事がいつもの賑やかさをもたらした。みんな食べることに夢中になっていった。

「公魚のエスカベージュって、フランスふう南蛮漬けのことなのね？」

恵理子が、夏彦に言った。

百瀬駿が、鱸にペルノ酒を振って皿に火をいれて最後の仕上げをした。

「榠樝荘の食欲はいつもこんなに国宝級なのよ」

恭子が駿に説明したのを聞いたのは、宗太だった。

平祐が食べる手を突然に止めて、まるでなにかを思いついたように、隣の滋を呼んだ。

「なに？　平祐さん」

「食べはじめちゃったけど、乾杯の音頭をとってくれない？」

「いいよ」

滋は気軽に言った。それを時々やってきているからだった。

滋は椅子を降りると、グラスをとった。

滋のグラスには温州蜜柑を絞ったジュースが入っている。滋はジュースのグラスを自分の目より少し高くあげた。

「みんな、用意はいい？」

滋は、テーブル中を見回した。てんでに好きな飲み物のグラスをあげた。ボジョレヌーボーがいれば、ウィスキーの水割りもいるし、ビール党もいる。

「いいわよ」

平祐が言った。

滋がにっこりとして、それから少し真剣な顔つきになった。しかし、次の言葉が出てこないようで、ため息と共に真剣な表情を崩すと、平祐に、

「なにに乾杯するの?」

と、相談した。

一同の調子が崩れた。

恭子が助け舟を出した。

「その黒焦げの鱸のためにっていうのは、どう?」

いつも素直な滋が、しかし今夜はそうしなかった。少し上目づかいに考えているようで、決まったのか、にっこりとテーブルを見回した。それからさっきの真剣な表情になって、やるよ、と言った。

みんながまたそれぞれのグラスをあげる。

静かになって滋の口元を見た。滋は言った。

「エピオルニスの卵のために」

夏彦と平祐が驚いて目を見交わし、哲郎が嬉しそうに笑いかけた。もちろん滋がなにを言った

のか、わからない者も何人かいた。

しかし声が揃って「カンパイ」となった。

着席すると、すぐに恵理子が訊いた。

「滋、なんのために乾杯したの？」

滋は得意気にもう一度繰り返した。

「エピオルニスの卵のために」

「なんだ、そのエピオルニスって」

哲郎が知らない者のために、簡単に説明した。ボジョレヌーボーを口に含んでいた平祐が、感心したように首を振って言った。

「上出来だわ。まさかエピオルニスの卵のためにカンパイできるなんて思わなかったわ」

夏彦がそうだね、と言って続けた。

「わたしも思わなかった」

それから平祐と再び目を交わした。

「そうよね。……言ってみれば、ここにいるみんなは飛べない鳥ね。飛ぶ能力を捨てた走鳥類ってわけよね」

哲郎が言い添えた。

「やがて絶滅する鳥たち」

すると、黙っていた多香子が、そうかしら、と質した。

「さっきの哲郎さんの説明によると、飛べないかわりに、すごいスピードで走ることを手に入れた鳥たちなんでしょ?」

哲郎が頷いた。

「この榠樝荘(かりんそう)が、エピオルニスが産み落とした卵なのよ。そのなかには、うまく飛べないけれど、それぞれのやりかたで走っていくエミューやヒクイドリやキーウィがいるってことじゃない?」

多香子が夏彦を見つめた。そして一拍置いて言った。

「たったいま、わたしはこんなことを思い出したの。ライラックが好きだったわ、わたしたちの父。フランスの思い出にもつながっていたのかもしれない」

多香子は言葉を切って、みんなを見回した。

「ライラックの花冠は、ふつう四つに分かれているんだけど、ときに五つに分かれているものがあって、それを特にラッキーライラックって呼ぶんですって」

恵理子が、ラッキーライラックと小さく復唱した。

「その花を黙って飲み込むと、愛するひとが永遠に心変わりをしないっていう伝説があるの」

多香子は夏彦をもう一度見た。

「わたしはね、父がライラックが好きだったのは、そのラッキーライラックを見つけるためだったと思っているの。……でも、せっかくのライラックも効き目がなかった」

多香子は今度は哲郎を見た。

「わたしたちの母、月子さんは、その哲郎さんのおとうさんを好きになったの」

みんなが一斉に、哲郎に目をやった。

「哲郎さんのおとうさんは、家にこだわらないひとだった。だけどわたしたちの父は家にこだわったわ」

そうね？　と多香子は夏彦を見た。夏彦は返事を返さなかった。黙って多香子の目を見ていた。

「いまここに集まっているひとは、みんな家を飛び出してきたひとたち」

多香子が笑った。

「飛べない鳥たちが、家を飛び出してきたんだわ」

16

夏彦が庭からリビングに入ってきたとき、平祐がアトリエから出てきた。

平祐の目が赤かった。

夏彦は平祐を見つめた。平祐は夏彦のところに歩いてくると、一枚の葉書を渡した。

「あなたのおかあさまが亡くなりました。九十四歳でした。大好きな榠樝(かりん)の花が咲く初夏を迎えることができませんでした」

葉書にはそう書いてあった。

差出人の名はなかった。しかしはっきりと諏訪の消印がついていた。

一度として親兄弟の話をしたことのない平祐だった。

その平祐が夏彦を見て、泣き笑いの顔をつくった。

夏彦が平祐を抱き寄せると、平祐は夏彦の肩で静かに泣きだした。

平祐がなにか言った。

「………」

夏彦が訊き返すと、榠樝の花も五弁なのよ、と言った。
夏彦はとっさに、平祐の言ったことを理解できなかった。

あとがき　住人たちのいま

本作『偶然の家族』が刊行されてから三十一年になる。四十代半ば頃に書いたもので、まず文芸誌に掲載され、それから単行本となった。三十一年たてば、本編の中で六歳だった滋が研究者になるように、槙櫨荘（かりんそう）の住人たちにもさまざまな変化が起きている。外側からも内側からも。

三十数年前、わたしは新聞に『バーバラが歌っている』という祖母、母、娘三代の血縁の家族をテーマとした小説を連載した。それが終了する前に、この『偶然の家族』の大まかなストーリーと、住人たちのキャラクターがほぼできあがっていた。わたし自身、実際、血縁の家族の一員であり、神経症の母をいとおしく思うと同時に、少し疲れていたのかもしれない。血縁を選ぶことはできないが、互いを選びあった「結縁（けちえん）の家族」をどうしても書きたい思いがあったのだ。beyond（ビヨンド） the（ザ） blood（ブラッド）という言葉と概念が海の向こうから入ってきた時代でもあった。

槙櫨荘（かりんそう）のそれぞれの住人たちは、当時の社会構造の下で、外側のひと、周辺の存在と見なされる人々だった（いまもそういった傾向はある）。特に夏彦と平祐はゲイの恋人同士であり、本作が単行本になった頃、親しい編集者から「なにもあなたがゲイを書くことはない」と言われた記憶がある。そんな時代であり、そんな社会であったのだろう。

わたし自身が婚外子ということもあるのかもしれない。社会が公認した枠組み、通常「普通」

と呼ばれる枠をはみ出してしまう人々、はみ出さざるを得ない人々、なんらかの意味の少数派に反射的に共感するところがあり、それはいまも変わっていない。

長い間、冬眠中だった本作に再び光を当ててくださったのは、東京新聞の矢島智子さん。駆け出し記者時代にこの本を読んでいた。「偶然の家族、大好きだったんです」。以前からそう言っていた彼女が今年、定年を迎える！　ここにも三十一年の年月が横たわっているのだ。「社での最後の仕事に、この本を復刊させてください」。そんな風に言われて、本当に幸せな小説である。幸せといえば、本書のイラストレーター、久保田眞由美さん、デザイナーの大谷信之さんも、この物語を気に入ってくださっているとうかがった。

刊行した当初、夏彦さんと平祐さんのような同性の恋人同士から、「ありがとね」という声をずいぶんいただいた。血縁を否定する気はないが、それを越えた結縁の家族がもっと増えたとき……、わたしたちの社会も人間関係もより拓(ひら)かれ、深呼吸しやすくなるのではないかと思う。

あの日から三十一年たった住人たちの「いま」をご紹介しておきたい。導入部に滋の短いメールを新しく加えるために、実は三十一年後の榠樝荘(かりんそう)を書きおろしてみたのだ。それは思いのほか楽しく、この上なく懐かしい作業であり、榠樝荘(かりんそう)の住人たちは今や、わたしの、まさに結縁の家族だったのだ。

城田夏彦……榠樝荘に今も暮らし、自分は二階に移り、一階は書店を開く高山恵理子に譲ろうとしている。

山下平祐……亡くなって十年。夏彦のマグカップに、いまも彼のマグカップが寄り添うように隣に置いてある。

鵜沢哲郎……自分の意志で老人ホーム暮らし。時々好物のカボチャプリンを土産に、榠樝荘に「里帰り」する。

高山恵理子……専門書店を開くことを視野に入れながら、長年勤めてきた書店を辞めようと考えている。

朝永宗太……弁護士となり、市民の私権をテーマにした法律問題を専門とする。

志賀恭子……小児科医院に勤務しながら、間もなく九十歳を迎える夏彦を支えている。

志賀　滋……ポートランドで研究者生活を送る。

榠樝荘……だいぶ古くなったが、平祐がアドバイスをした時々の修理もあり、建物も庭の植物ともども健在。

二〇二一年一月三〇日

落合恵子

落合恵子（おちあい・けいこ）

一九四五年、栃木県生まれ。作家。子どもの本の専門店と女性の本の専門店、オーガニックレストランなどを核とする「クレヨンハウス」を東京・表参道と大阪・吹田で主宰。育児雑誌「月刊クーヨン」、オーガニックマガジン「月刊いいね」発行人。著書は『決定版　母に歌う子守唄　介護、そして見送ったあとに』（朝日文庫）、『「わたし」は「わたし」になっていく』（東京新聞）、『泣きかたをわすれていた』（河出書房新社）、『明るい覚悟　こんな時代に』（朝日新聞出版）など多数。海外絵本の翻訳も『あの湖のあの家におきたこと』『悲しみのゴリラ』（ともにクレヨンハウス）など多くを手掛ける。二〇二〇年、子どもの文化全般に寄与した功績は絶大だとして第五十五回ＥＮＥＯＳ児童文化賞を受賞。

偶然の家族

二〇二一年三月二二日　第一刷発行
二〇二一年七月一五日　第三刷発行

著　者　落合恵子
発行者　岩岡千景
発行所　東京新聞
〒一〇〇-八五〇五　東京都千代田区内幸町二-一-四
中日新聞東京本社
電話［編集］〇三-六九一〇-二五二一
［営業］〇三-六九一〇-二五二七　FAX　〇三-三五九五-四八三一

装幀・本文デザイン　大谷信之（OVO INTERNATIONAL INC）
装画・挿画　久保田眞由美
印刷・製本　株式会社シナノ パブリッシング プレス

ISBN978-4-8083-1058-5 C0093

落合恵子の本

「わたし」は「わたし」になっていく

作家であり、
子どもの本の専門店
「クレヨンハウス」を主宰する
落合恵子が、
自問しながら半生をつづった
新聞連載を書籍化。

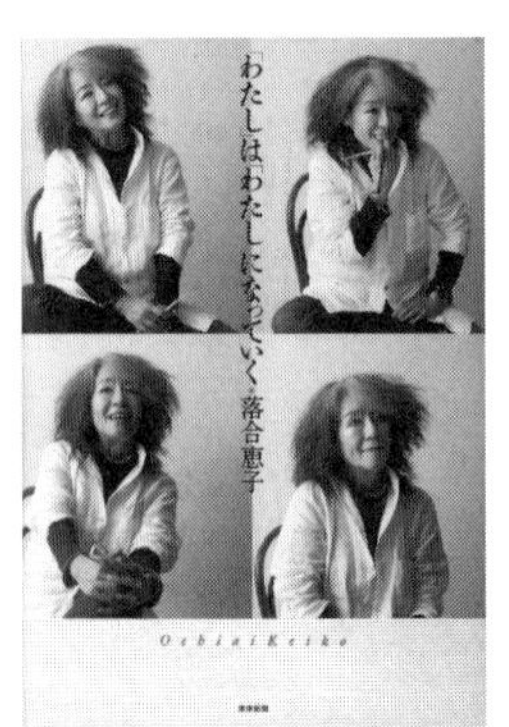

A5判　上製　304ページ
東京新聞